Tiara Label
ティアラ文庫

悲恋エンドはお断り！

敵国(?)同士だけど、王子と王女は幸せ婚をめざします

ナツ

プランタン出版

CONTENTS

※本作品の内容はすべてフィクションです。

序　章　ミッション・インポッシブル

サンティス神聖国は、この世界で最も古い歴史を持つ国だそうだ。

サンティスの第二王女として生まれたルフィナ・ビアンカ・イレニアは、家庭教師による最初の授業でそう教わった。

サンティス王家の血筋は、創世神の妹神である月の女神に連なると言われ、その証として直系王族の者は皆、月光のように淡い金髪と銀灰色の瞳を持つのだとか。

『創世から千八百年が経った現在も、サンティス神聖国の尊い血筋は諸外国から尊敬を集めています』

『そんけい……？』

癖のない淡い金の髪をさらりと揺らして首を傾げたルフィナに、教師は大きく頷いた。

『女神さまの血に連なるすごい国だということです。ルフィナ様の美しい金の髪と、神秘的な銀灰色の瞳の色は、その証。どうか月の女神の末裔《まつえい》たる自覚をもって、日々をお過ごしくださいませ』

『じかくを持つって、どうすればいいの？』

『そうですね。誰より優雅で気品に溢れていなければならない、と理解することが大切です。まずは立ち居振る舞いや、言葉遣いから学んで参りましょうか』

当時六歳だったルフィナは、彼女の言葉を素直に受け入れた。

習得しなければならないのは礼儀作法だけでなく、教養を磨くための歴史や文学などの学問など多岐にわたったが、どうやら自分は純粋な人間ではなく神の末裔らしいので、あらゆる分野に精通していなければならないと思ったのだ。

だが、そんな思い込みが続いたのも十二歳を過ぎる頃まで。

理由は明快。

サンティスは、家庭教師が言うほど『凄い国』ではないことが分かってきたからだ。

彼女が嘘を教えたわけではない。

著名な歴史家が綴《つづ》った書物に出て来る『世界で初めて文明を築いた国』とはサンティスのことだし、諸外国が『最古の歴史を誇る王室』に対し敬意を払っているのも事実。

つけくわえると、サンティス語は世界の共通言語として今も広く使われている。

しかし言ってみればそれだけで、現在のサンティス神聖国は、歴史が古いだけの小国という立ち位置にいる。強大な軍事力を持つわけでも、卓抜した外交力を持つわけでも、豊富な資源を持つわけでもないのだから、妥当な扱いだとルフィナは思う。

『貴重な古い血統を持つ王室と歴史的な価値を持つ国を亡ぼすことがあってはならない』という諸外国共通の意識のお陰で、他国から攻め込まれる恐れがないことだけでも、有難い。月の女神の末裔云々の逸話は、サンティス王家の者が遺伝的に持つ容姿への賛美が行き過ぎた結果の創作ではないだろうか。

ルフィナ自身はもちろん、国王である父のエミリオも、兄のベルナルド王太子も、『月の女神の再来』と謳われる姉のアドリア王女さえも、女神の血を受け継いでいるとは思えない。見た目こそ優れているものの、風邪も引けば、怪我もする。神力を使って奇跡を起こすことなど、言うまでもなくできない。

社交界にデビューする十五歳の時には、ルフィナはすっかり『髪と目の色が特徴的なだけの一般人である自分』を受け入れていた。

そうなると、生来の活発な性格を抑え込むのは難しい。

ルフィナは太陽の下、思いきり体を動かすのが好きだ。

はきはき喋って、心のままに泣いたり笑ったりするのが好きだ。

公式の場では周囲の求める『サンティスの姫』を演じるが、プライベートでは自分の思うままに振舞おうと決意し、実際そのように生きてきた。

思うままといっても、せいぜい、休日に円形の馬場で馬を駆ってみたり、こっそり剣を持ち出しては騎士の訓練の真似事をしたりするくらいのものだ。

だが父である国王エミリオは、そんなルフィナの息抜きに眉をひそめた。

『いつになったら、あれは落ち着くのだ。いくら王宮内とはいえ、単独で行動していい理由にはならん。聞けば、馬を乗り回したり、剣を振り回したりしているというではないか。なんと野蛮な！　何かあって怪我でもしたらどうする！』

『それをもう少し柔らかく言い換えて、本人に伝えてはいかがですか？　小言を言うのではなく、ルフィナが心配だから気をつけて欲しいと、素直に仰ればいいのに』

端整な顔を顰《しか》める国王を、王妃がおっとりと宥める。

そんなやり取りが日常化してきた頃、ルフィナは国王に呼び出された。


「――私を、シュレンドルフ王国へ？」

瞳を瞬かせるルフィナに、国王エミリオはうむ、と頷いた。

「来月、シュレンドルフ国王の結婚記念日を祝うパーティを開くそうだ。三十年という節目を記念して、交流のある主な国には招待状を送っているらしい。正式な招待状が届いたからには、うちからも誰かを遣らねばならん。本当なら無視したいところだが、外交上そうもいかぬところが、つくづく腹立たしい」

(腹立たしく感じるのは、完全にお父様の私怨だと思うけど……)

ルフィナは思ったが、態度には出さず、黙って言葉の続きを待つ。

「他国の王族を呼びたいのなら、もっとましな口実で招待状を送ってくればいいものを。あの男はつくづく面の皮が厚いらしい。よくもうちに――」

ぎりぎりと歯を食いしばる国王の腕に、王妃がそっと手を掛けて首を振る。

エミリオは一つ息を吐き、「ともかく」と話を戻した。

「ベルナルドを特使として送るほどのものではないし、結婚を控えているアドリアは何かと忙しい。残るはそなたしかいない」

父王の言葉に、ルフィナの背筋は自然と伸びた。

「そういうことでしたら、喜んで」

ルフィナは背筋が丸まらないように注意しながら膝を折り、響き過ぎない控えめな声量で答えた。

涼しい顔を取り繕っているものの、内心はこれでもかというほど舞い上がっている。

というのも、ルフィナは二十歳になる今まで国外へ出たことがない。

見栄っ張りの父王が外交を任せるのはいつも、ベルナルドかアドリアだった。

立ち居振る舞いに一分の隙もないあの二人ならば、どこへ行ってもサンティスのイメージを落とすことはない。だがルフィナでは危ういと、エミリオは思っているのだろう。

未だに外国への特使を任せて貰えないことは、ルフィナの密かなコンプレックスだった。

それがようやく、解消される。たとえ消去法で選ばれたのだとしても、素直に嬉しい。

シュレンドルフといえば、サンティスとは比べ物にならないほどの大国だ。

書物でしか知らないかの国を実際にこの目で見られると思うと、胸が弾んでくる。

ルフィナは無意識のうちに、満面の笑みを浮かべていたらしい。

「物見遊山《ものみゆさん》へ出かけるのではないのだぞ」

国王が額に手を当て、聞こえよがしな溜息をつく。

ルフィナは慌てて緩んだ口元を引き締めた。

「それともう一つ。そなたも知っているとは思うが、サンティスの王女は他国へ嫁ぐと決まっている」

いきなり飛んだ話に戸惑ったのも一瞬、ルフィナはそういうことか、と心の中で嘆息した。どうやら、今回の外遊の本命はお見合いで、パーティへの出席がおまけらしい。

高揚した気持ちが、ぺしゃりとへこむ。

見合い自体に、忌避感はない。少し前からそんな話も出て来るだろうと覚悟していた。

一つ違いのアドリアが隣国の王子と婚約したのは、半年前のこと。

すぐに自分の番も回ってくると予想していたし、嫌だと思ったことは一度もない。王女としてそれくらいの覚悟と自負はあった。

サンティス王家の姫が自国に居られるのは、二十歳まで。それを過ぎれば、外国の王族と見合いをして嫁ぐという慣例は、ルフィナも知っている。

他国では、高貴な血を持つサンティスの姫を娶《めと》ることが一種のステータスになっているのだ。こちらも有力な国と縁を結ぶことで、『不可侵の国』という立場を補強できる。

ここ数百年においての例外は、エミリオの姉であるベルティーナだけ。

ベルティーナも本当なら、他国に――シュレンドルフ王国に嫁ぐ予定だったのだが、大国の次期王妃の座を狙っていたのは、ベルティーナ一人ではなかった。蓋を開けてみれば、他にも沢山の婚約者候補がいたのだ。

『どの女性も魅力的で、私には選べない』

自分を巡って起こる女同士の争いを見たくなかったのか、王太子は早々に決定権を放棄した。最終決定を下したのは、当時の王妃、現在の王太后であるラシーダだった。

選ばれるのは自分だと信じて疑わなかったベルティーナは、『月の女神の末裔』としての矜持《きょうじ》を大いに傷つけられ、泣いて帰ってきた。

筋金入りの姉好き《シスコン》であるエミリオが当時みせた怒りは、凄まじかったという。

『姉上を選ばないとは、人を見る目がなさすぎる！　聞けばラシーダ王妃は、タバールとかいう新興国の出だというではないか。知性も教養もないから、姉上の素晴らしさが分からないのだな！』

烈火のごとく怒る弟を見て、ベルティーナは逆に冷静になったという。

その後、宰相を務めるオルランディ侯爵と結ばれ、幸せな結婚生活を送っている彼女は、シュレンドルフでの騒動を笑い話にしているが、エミリオはいまだに許せないらしい。

彼に言わせれば、シュレンドルフ国王は大人になっても乳離れできない腰抜けで、タバールは知性も教養もない粗野な民族の国だそうだ。

実際のタバールは、複数の勇敢な騎馬民族からなる国で、豊かな文化と高い軍事力を持っている。礼拝堂などの建築物や独特の手法からなる織物でも有名であり、決して父の言うような未開の国ではない。表立って喧嘩を売ろうものなら、あっけなく捻り潰されるのはサンティスの方だ。

（伯母様の件で、完全に逆恨みしてるのよね……）

胸の中で特大の溜息を吐いたルフィナに、国王は重々しく告げた。

「そなたには、今回の外遊で、姉上の雪辱を果たして貰いたい」

雪辱といわれてすぐに思い浮かぶのは、シュレンドルフの王太子妃の座だ。だがその座は今回もすでに埋まっている。

「……あちらの王太子様は既婚ですよね？」

念の為、確認するとエミリオは悔しげに顔を顰める。

「無念なことに、そうだ。今回のそなたの相手は、第二王子のドミニクになる」

彼は溜息交じりに告げると、ドミニクについての説明を始めた。

ドミニクと王太子との兄弟仲は良好で、現在ドミニクは辺境伯を任じられているという。国防の要を任されている王国の盾であるドミニクと縁を結べば、サンティスの立場をより盤石にできるし、ベルティーナを選ばなかったシュレンドルフ国王とラシーダ王太后に遠回しの嫌味を言える、というのがエミリオの話だった。

理由は何ともくだらないが、縁談相手としては申し分ない。

ルフィナは「分かりました」と答えた。

エミリオはうむ、と頷くと、ここからが本題だと言わんばかりに身を乗り出した。

「今回のパーティには、タバールの王女も出席するそうだ」

「……うわ」

父の意図が読めてしまったルフィナの口から、王女らしからぬ声が零れる。

「うわ、ではない！　いいか。おそらくその王女も、ドミニク王子を狙ってくるはずだ。シュレンドルフが今回のパーティに他国の王女を招くのは、第二王子の花嫁選びの為だと、もっぱらの評判だからな。ドミニク王子に選ばれるのが一番良いが、そなたにそこまでの高望みはせぬ。だが、タバールの王女を蹴落とすことならできるはずだ」

どうやら父の中のルフィナは、とんでもない暴れ馬らしい。

エミリオは拳を握りしめ、遠くを見つめた。

「シュレンドルフから戻ってきた時の姉上の悲しげな顔は、今でも忘れられぬ。あの時私は、いつかタバールの王女も、姉上と同じ目に遭わせてやると誓ったのだ。今回参加するという王女がどんな娘かは知らぬが、狙い通りにはさせるものか」

そんな誓いを立てるな。真っ先にそうルフィナは思った。そもそも、タバールの王女が本当にドミニク狙いなのかも分からないのに、よくそこまで先走れるものだ。

父の考えは間違っていると指摘したいが、今更翻意《ほんい》させるのは無理だということはこれまでの経験で身に染みて分かっている。

とはいえ、このまま黙って言うなりになるのも癪だ。

「そううまくいくでしょうか。仮にその王女様を蹴落とすことに成功したとしても、私もドミニク様に振られたら、泣いて帰ってくるかもしれません」

ルフィナはわざとか弱い振りをして、儚げに瞳を伏せる。

エミリオは、にやりと目を細め、自信たっぷりに言い放った。

「それはない。型に嵌められるのが何より嫌いなそなたが、親の命じた縁談相手に、易々と心を動かすものか。駄目でした、と落ち込んだ振りをして、こっそり舌を出すことはあるかもしれんがな」

(これだから、嫌いになりきれないのよね)

悔しいが、父はルフィナの性格をよく理解している。理解した上で、あれこれ説教したり、今回のような無理難題を押し付けてきたりするのだから質《たち》が悪いのだが、見当違いの期待をかけられるよりはマシだ。

タバールのことになると暴走しがちなエミリオの手綱を握っている王妃は、先ほどから沈黙を貫いている。つまり、ルフィナがシュレンドルフへ赴き、タバール王女を蹴落とす任務は決定事項ということだ。

「ご期待に添えるかは分かりませんが、精一杯努めて参ります」

(全くうまく行く気がしない……)

心の中ではそう思ったが、ルフィナは了承する他なかった。

「うむ。タバールに一泡吹かせた話を楽しみに待っているぞ。今回そなたのエスコート役を務めるのは、フォルカー・オルランディだ。詳しい日程等は、彼に尋ねるがよい」

エミリオの視線が、壁際で控える従兄へと移る。

国王の言を受けて優雅に一礼した青年を振り返り、ルフィナはようやく肩の力を抜いた。


謁見の間を辞した後、ルフィナはフォルカーを伴って自分に与えられた宮殿へ戻るつもりだった。外面良く振舞わなくても済む場所で、詳しい話を聞こうと思ったのだ。

ところが彼は、ルフィナの手を己の腕に掛けさせると、ルフィナが住む宮殿とは真逆の方向へと歩き始める。

「どうしたの？　そっちじゃないわ」

「いや、こっちで合ってるよ。同じ話を二回するのは面倒だからね」

公の場では丁寧な敬語を崩さないフォルカーだが、身内だけでいる時はこうして砕けた口調で話す。彼は従兄というだけでなく、ルフィナたち三兄妹の幼馴染でもあった。

幼年時代、王子王女の遊び相手になったのは、末っ子のルフィナより八つ年上のフォルカーだった。ベルナルドとアドリアは、大きくなるにつれ順にその輪から抜けてしまったが、ルフィナは十六歳で成人するまでフォルカーについて回り、遊んで貰った。

ルフィナにとってフォルカーは、実の兄よりも兄らしい存在なのだ。

「二回って……もしかして、お姉様のところへ行くの？　約束なしで押し掛けるのは良くないんじゃない？」

ルフィナは全く頓着しないが、少なくともアドリアがそんな不作法な真似をしたことは一度もない。

「ちゃんと約束はしてあるよ。してなかったとしても、君の将来についての話なんだ。快く迎えてくれるさ。ベルナルドも王都にいれば、詳しい話を聞きたがっただろうな」

「そうかしら。お兄様のことだもの。『特に私から言うことはないよ。陛下の仰る通りになさい』で終わると思うわ」

実際、アドリアの時がそうだった。

アドリアと隣国の王太子との婚約を決めた話を聞いたベルナルドは、詳しい経緯については何も尋ねず、『おめでとう。私も良縁だと思う』と微笑んだだけだ。

──大勢いた求婚者の中に、お姉様が好きになれそうな人はいた?

──お父様の選んだ方で、本当にいいの?

ルフィナが知りたいことは沢山あったが、気品ある態度で静かに祝福した兄を見た後では、何一つ聞けなかったことは記憶に新しい。

フォルカーは「そうかもしれないね」と同意した後で、「でも」と続ける。

「だからと言って君に関心がないわけじゃない。あの二人は、人目のある場所で個人的な感情を隠すことに長《た》けてるだけで、本当はとても愛情深い人たちだよ」

「それは分かってる」

伊達に二十年も妹をしているわけではない。

二人がルフィナの誕生日を忘れたことはないし、どうやって調べるのか、その時一番欲しいものをプレゼントしてくれる。去年の贈り物は、兄からは乗馬服とブーツ、姉からはルフィナの体格に合わせて打たれた片手剣だった。

ルフィナが体調を崩せば、どれほど予定が詰まっていても、必ず自ら見舞いにきてくれる。もちろんルフィナも兄姉への贈り物や気遣いを欠かしたことはない。

共に過ごす機会が少ないだけで、三人の兄妹仲は決して悪くないのだ。

「ベルナルドが視察から戻ってくるのは来月だから間に合わないけど、せめてアドリアには、詳細を話してから出発しよう。見合い以前に、ルフィナの初めての外遊だ。彼女もきっと気を揉んでるよ」

「分かった、そうするわ」

素直に頷き、視線を前方に移せば、目的の建物が目前に近づいている。

約束したというのは本当らしく、衛兵たちはルフィナとフォルカーを見るなり一歩大きく退き、宮殿へと続く門を開けた。


「――久しぶりね、ルフィナ」

アドリアは、部屋に入ってきた二人を見ると、なめらかな頬をほのかに上気させ、たおやかに笑んだ。

すんなりと伸びた細い首、慈愛に満ちた表情、ルフィナを招く手の動き。その全てが、息を呑むほど美しい。

姉に会う度、ルフィナの脳内には『月の女神の再来』という言葉が浮かぶ。

幼い時からずっと、アドリアはこうだった。

国王に相対する時より、ある意味緊張する。

姉は自分には厳しいが、ルフィナには大層甘い。どう振舞おうと注意されることはないと分かっていても、やはり彼女の前で粗相はしたくない。幾つになっても捨てきれない見栄だ。ルフィナはドレスの裾を軽くつまみ、ふわりと膝を折った。

「お忙しいのに、時間を作って下さってありがとう、お姉様」

「他ならぬ貴女の為ですもの、時間ならいつだって作るわ」

アドリアは畏まったルフィナの手を取り、瀟洒《しょうしゃ》なソファーに腰を下ろす。

彼女が背後に控えたメイドに視線を送ると、どれだけも経たないうちに温かい紅茶が運ばれてきた。

一口で食べられそうなサイズの焼き菓子に、美しい彩りのゼリー。それらが載せられた小皿や茶器類は、全てアドリアが選んだもので、見る人が見ればどれも逸品だと分かるらしい。しかも姉はそれを、季節やその時々の場面に合わせて使い分けているという。

審美眼に自信がないルフィナには縁遠い世界だ。

手に取ったカップには、ブルーデイジーが描かれている。

(きっとこれにも意味があるのよね。たぶん、紅茶の種類にも)

銘柄を当てようとじっくり味わってみるが、有名なものではないらしく、さっぱり見当がつかない。

「どうしたの？　難しい顔をして。もしかして、お父様とまた喧嘩でも？」

アドリアが銀灰色の美しい瞳を煌めかせ、親しみの籠った口調で尋ねてくる。

姉の場合、こんな風に砕けた態度を取っても、気品に満ちた雰囲気は決して消えないのだから、不思議で仕方ない。誰もいない自室で鏡を前に、何度真似してみたことか。……上手くいったことは一度もないが。

「お姉様ったら、からかわないで。そんなにしょっちゅう喧嘩していないわ」

「ふふ、ごめんなさい。フォルカーと一緒に来てくれたということは、シュレンドルフの王子様とのお話は本決まりになったの？」

ルフィナは返答に詰まり、口籠った。

父王から命じられたあれを、『王子様とのお話』と括っていいものだろうか。

返事に困ったルフィナに助け舟を出したのは、フォルカーだ。

「アドリアは、陛下からどんな風に聞いているの？」

「シュレンドルフで開かれるパーティにルフィナを送り出すけれど、それは表向きの理由で、本当はあちらの第二王子とのお見合いだと聞いたわ。……違うの？」

アドリアの柔らかい声に微かな不安が混じる。

「陛下らしい言い方だな」

フォルカーは苦笑を浮かべた。彼のその表情で、アドリアは事情を察したらしい。

「ということは、事実は異なるのね。本当のところはどういうお話だったの？」

今度はルフィナが説明する。

「お見合いといっても、一対一の形式じゃないの。パーティに出席する未婚の王女全員に、話がいっているのではないかしら。私もその一人として、ドミニク王子の花嫁選びに参加することになったの。お父様がお姉様に『見合い』と言ったのは、サンティスの王女と他国の王女が同列に並ばなきゃいけない現実を認めたくないからじゃないかしら」

父の無駄に高いプライドがよく分かる話だ。だからフォルカーも『陛下らしい』と評したのだろう。

「そうだったの……。他にも候補者がいるなんて、気が重い話ね」

アドリアの瞳に同情の色が浮かぶ。

「お姉様でも、そう思うの？」

ルフィナは心底驚いた。月の女神になぞらえられるほど美しい姉が、まさかそんな弱気な台詞を吐くとは思わなかったのだ。

「もちろんよ。『サンティスの王女なのだから選ばれて当然』――そんな風に皆は言うでしょう。期待に応えなくてはと気負ってしまうし、駄目だったらと思うと怖くなるわ」

アドリアは憂鬱《ゆううつ》そうに答える。本当にそう思っているのだと、よく分かる話しぶりだ。

だがルフィナは、ありえない、と首を振った。

いくら世界が広いとはいえ、アドリアに勝《まさ》る王女がいるとはとても思えない。

「万が一、お姉様を選ばない男がいたとしたら、それは男じゃないわ」

「……ルフィナと陛下って、親子だよね」

それまで黙っていたフォルカーが、ぽつりと零す。

シスコンっぷりをからかわれたのだと分かり、頬が熱くなる。

「わ、私はお父様ほど盲目じゃないもの。それに、お姉様が完璧な女性なのは、誰から見ても明らかでしょう？」

「うんうん、そうだね」

フォルカーが、温かな表情を浮かべて頷く。

「とにかく！　他に候補者がいたとしても、陛下の命令なのですもの。私はシュレンドルフへ行ってくるわ。でも、心配しないでね。お父様は、私が選ばれるとは思っていないそうよ。そういう意味では、気楽なものだわ」

ルフィナの言葉に、アドリアは瞳を瞬かせる。

「そうなの？　ルフィナが選ばれると思っていないのなら、そもそも参加させる必要はないように思えるけれど……」

「花嫁選びには、タバールの王女様も参加するんですって。お父様はタバールがお嫌いでしょう？　どうしても、その王女様とドミニク様をくっつけたくないみたい。私は二人の仲を邪魔する係に任じられたの」

簡潔にまとめて話してみると、話の酷さがより際立つ。

アドリアは優美な眉を軽くひそめた。

「お父様はまだそんなことを仰っているのね……あの件で溜飲《りゅういん》を下げたとばかり思っていたのに」

「あの件？」

「去年私には、タバールの王太子様……確かイズディハール様という名前だったわ。その方からも求婚の打診が来ていたの」

「そうなの⁉」

意外な話に、前のめりで勢いよく問い返してしまう。

ルフィナはハッと気づき、上体を戻した。それから「初めて聞いたわ」と落ち着いた口調で言い直す。

アドリアは微笑ましげにルフィナを見つめ、「公にはなっていない話だから」と答えた。

「お父様ははじめ、イズディハール様をサンティスへ呼んで、散々気を持たせた後で断ろうと企んでいたみたい。でも、それだとあちらの面目が丸潰れでしょう？　国同士の揉め事になっては困ると反対の声が多く上がった結果、打診の段階で断ることになったのですって。だから私も、彼がどんな方かは知らないの」

フォルカーは当時の騒動を知っていたようで、「そんなこともあったね」と頷いている。

「あの時は、うちの父も疲れ切っていたよ。暴走しようとする陛下を御諫《おいさ》めするのは大変だったらしい」

ルフィナは、長年父を支えてくれている宰相に向かって心の中で手を合わせた。

(そういうこと……。お父様はタバールの王子様をこっぴどく振ることで、溜飲を下げたかったのね。未遂で終わって本当によかった)

強大な軍事力を有するタバールを敵に回していたかもしれないと考えるだけで、背筋が冷たくなる。

アドリアは憂いを帯びた空気を纏い、瞳を伏せた。

「どういう経緯であれ、結局はお断りしたのですもの。あれでお父様の気は済んだのだと思っていたわ」

「その王子様が泣いてタバールへ帰ったのなら、お父様も終わりにしたでしょうね」

アドリアとルフィナは顔を見合わせ、どちらからともなく深い溜息を吐く。

父に対して言いたいことは山ほどあるが、ここで愚痴をこぼしても状況は変わらない。

ルフィナは顔をあげ、きっぱり言った。

「どちらにしろ、もう決まったことだもの。やれるだけのことはやってくるわ」

「どうか無理はしないでね。お父様の要求がそもそも無茶なのですもの、形だけそれらしく振舞って帰ってくればいいと思うわ」

アドリアはそう言って、励ますようにルフィナの手を握る。

父の話を承諾したはいいものの、具体的にどうするか全く考えていなかったルフィナは、姉にも案を出して貰えばいいことに気づき、パッと顔を明るくした。

「それらしく、って、たとえばどんな感じかしら。うーん……王子様と話しているところには必ず割って入って、二人で話させないようにするのは、どう？　あとは、タバールの王女様が話す度に咳払いして、ドミニク様に聞き取れなくさせるとか」

姉の細い手をしっかと握り返し、思いついた策を片っ端から挙げていく。

アドリアは美しい瞳を大きく見開いた。

「ルフィナ……？」

「もっと過激な方がいいかしら。意中の王子様と会えないよう、こっそり王女様の部屋に忍び込んでドレスを破る悪役の話は、物語で読んだことがあるわ」

「絶対にやらないでね。それは犯罪よ」

「破るのはやり過ぎよね。私も読んだ時にそう思ったもの。ドレスが勿体ないし、弁償するのも大変だし……。では、ドレスを全部隠すのは？　予定が終わったら、きちんと元の場所に戻しておくの」

「一旦、ドレスと不法侵入から離れましょうか」

大真面目な顔でルフィナを窘《たしな》めるアドリアに、それまで黙って聞いていたフォルカーが拳を口に当て、肩を震わせ始める。

くつくつと笑う従兄を、ルフィナは軽く睨んだ。

「おにい様も笑っていないで協力してよ」

「いや、ごめん。二人のやり取りがおかしくて、つい……。タバール王女への嫌がらせには協力できないけど、それ以外のことならもちろん。私はその為に行くんだから」

頼もしく請け負ったフォルカーに向かって、アドリアはやんわり首を振った。

「違うでしょう？　あなたがシュレンドルフへ行くのは、ルフィナを守る為よ。ドミニク王子がタバールの王女を選ぶというのなら、好きにさせればいい。どちらに転んでも、ルフィナの名前と心に傷がつかないように動くのが、あなたの役目だわ」

そう言った姉の顔を、ルフィナは信じられない気持ちで凝視した。

父王の選んだ相手と婚約し、サンティスの利益を守る為に隣国へ嫁ぐアドリアは、そうは言わないと思っていた。

姉に大切に思われていることが嬉しくないわけではない。正直、とても嬉しい。

だがそれと同じくらい、二十歳にもなって姉に庇われる自分が悲しかった。

「そんな風に言わないで、お姉様。私もサンティスの王女よ。役目はきちんと果たすわ」

ルフィナが抗議すると、アドリアはゆるく首を振った。

「あなたの覚悟は分かっています。でも、少し考えてみて？　私たちの役目は、サンティスの為になる婚姻を結ぶことであって、お父様の個人的な駒になって他国で悪役を演じることではないわ。世界には多くの国があるんですもの、どうしてもシュレンドルフでなければならないわけでもないはずよ」

姉の話に、ルフィナはそれもそうだ、と思い直す。

アドリアは愛おしげにルフィナをみつめ、きっぱり言った。

「あなたもサンティスの王女ならば、胸を張って行ってらっしゃい。ルフィナがその場にいるだけで他の王女にとっては脅威になるでしょう。小細工などする必要はありません。ありのままのあなたを選ばない男なら、捨てておきなさい」

強い信頼の籠ったその激励に、ルフィナは瞳を潤ませた。

姉がルフィナを侮ったわけではないと分かり、嬉しくなる。

フォルカーはアドリアに向かって、改めて宣言した。

「私の言い方が悪かったね。ルフィナが悪役や道化になるのを、黙って見ているつもりはないよ。そういう意味では、協力しない。彼女をしっかり守ると約束する」

「それならいいわ」

鷹揚に頷いたアドリアに、フォルカーは柔らかく微笑んだ。

「納得してもらえたことだし、具体的なスケジュールについて話すね」

彼の説明によると、ルフィナは祝賀パーティが開催される日より一カ月早くシュレンドルフに入るらしい。まずはドミニク王子主催の歓迎会に出席し、そこで彼と顔合わせをする。そこからパーティまでの一カ月が、花嫁候補の選考期間になるそうだ。

「出立まで二週間もないのね。もっと早く分かっていたなら、入念な準備ができたのに」

残念そうに零すアドリアに、フォルカーは顔を顰めてみせた。

「陛下がぎりぎりになって、特使を変更したせいだよ。タバールの王女が来ると知るまでは、ベルナルドを行かせるつもりだったらしい」

父のタバール嫌いにまつわる残念なエピソードをまた一つ知ってしまい、ルフィナはげんなりした。姉もやれやれと首を振っている。

フォルカーは「それはもう仕方ないとして」と、説明を再開する。

「シュレンドルフでは、王城の敷地内にある貴賓館に滞在することになっている。ドミニク王子もご自分の領地から出てきて、王城にある自室で過ごすらしい。パーティまでのひと月で、候補者とそれぞれ会う時間を作るという話だけど、候補者の人数が多いままだと、待機時間の方が長くなる。参加者全員が集まる最初の顔合わせで、ガツンと行くのが良いんじゃないかな？」

（ガツンと行く、とは？）

ルフィナは首を捻った。

候補者が多いと、ドミニクに会う機会自体少なくなる、というところまでは分かる。だが、そこからが分からない。具体的には何をどうしろと言うのだろう。

問い質そうと口を開く前に、アドリアが両手を合わせて明るい声をあげる。

「それがいいわね。今回の花嫁選びにはサンティスの王女が参戦したのだと、皆に分からせましょう。手配と打ち合わせはこちらでしておくわ。この後パメラに、私のところへ来るよう伝えておいて」

パメラというのは、ルフィナの侍女の名前だ。

ゼクレス男爵令嬢であるパメラは、ルフィナの忠実な侍女であり、親しい友人でもある。その彼女を呼んで、一体何の打ち合わせをするのだろう。

「了解。とびきりのやつで頼むよ」

「任せて。その場に立ち会えないのが残念だけれど、またの機会に取っておくわ」

戸惑うルフィナをよそに、フォルカーとアドリアで話を終わらせてしまう。

「楽しんできてね、ルフィナ」

アドリアは大輪の百合を思わせる清楚かつ華やかな笑みを浮かべ、にこ、とルフィナに微笑みかけた。

第一章　誰にでも秘密がある

シュレンドルフの王都へは、客船に揺られること五日、そこから陸路で二時間ほどかかる。ルフィナは生まれて初めて『船酔い』なるものを経験した。

想像ほど楽な行程ではなかったが、目に映る景色全てが輝いて見えたのは生まれて初めてだ。ルフィナは瞬きも惜しんで、新鮮な光景を楽しんだ。

海は青いものだと思っていた。だが実際は、照り付ける陽光を反射する水面は銀色だった。魚の鱗《うろこ》のように煌めく波の泡が規則的な曲線を描く。船が通った後には、白い道が生まれた。真っ青な空を飛ぶカモメの啼き声は大きく、甲板で浴びる潮風は湿っていて独特の香りがする。

シュレンドルフの港で降りる時は、少し緊張した。

慣れた様子で行動するフォルカーに連れられ、特別窓口で入国許可の手続きを行う。

広い港は、それは賑やかな活気に溢れていた。

そこから馬車に乗り、王都へと向かう。

国を出るまでは、シュレンドルフの街並みがどんなものか想像すらできなかった。

当然だが、サンティスとはまず建物の様式が違う。道を行く人々の恰好も違う。

雑多で賑やかな下町や複雑な街路は、サンティスにはないものだ。

サンティスの景観は、千年以上前から変わらない。

歴史ある建造物を厳重に保護・補修している為だ。新たに建てる場合は、周囲とのバランスを崩さないよう外観のデザインにとことんこだわっている。かといって、近代化されていないわけではない。あくまで見た目は、という意味だ。

サンティスのことを、創世の時代を今に残す貴重な国――そんな風に捉える人が多いのも頷ける。父王のプライドの高さにもそれなりの裏付けがあったのか、と腑に落ちた。

王都が近づくにつれ、通りは広くなり、道に面する建物の数は増えていく。

シュレンドルフは質実剛健を地で行く武人の国らしく、石造りの建物が多い。

漆喰《しっくい》から成る白亜の建造物が立ち並ぶサンティスとは真逆の、素朴で頑強な雰囲気を湛えている。

王都に入るとすぐ、遠くに大きな城が見えた。

尖塔が特徴的な立派な城を戴くように、灰色の街並みが広がっている。

石造りの建物をベースに外国風の瀟洒な建物が混じり、行き交う人々の数は膨大で活気に満ちている。

ルフィナは天鵞絨《ビロード》張りの座席に行儀よく座り、カーテンの隙間から見える景色を注視するに留めたが、本当は馬車の窓枠にしがみつき、心ゆくまで街の風景を眺めたかった。

そうしているうちに、王城へ到着する。

シュレンドルフの王城はサンティスの城の十倍はある、という噂は本当だった。

馬車を降りたルフィナは、眩《まばゆ》い陽光に目を細めながら、空に突き刺さらんばかりにそびえる三つの尖塔を見上げた。


ルフィナに提供された客室は、貴賓館本館の二階にあった。

二階建ての建物なので、最上階ということになる。中は豪華の一言に尽きた。

客室内は、応接間と寝室、バスルーム、ドレッシングルーム、そして侍女の控え室に分かれており、各スペースがとても広い。

置かれた調度品も高価なものばかりで、貴賓館の中でも最上級の客室だということが分かる。部屋を点検したフォルカーも満足げな笑みを浮かべたのだから、かなりの好待遇を受けていると思って間違いないだろう。

そういうフォルカーの部屋は、ルフィナの部屋の隣にある。

そちらには上質なワインを取り揃えたワインセラーがあるらしく、フォルカーは「役得だ」と喜んでいた。

タバールの王女も昨日到着し、貴賓館に宿泊しているそうだが、どの部屋に泊まっているかは分からない。貴賓館自体、本館と左右両翼の別館に分かれているので、もしも別館に泊まっているなら偶然出くわすことはなさそうだ。

いずれにせよ、明日には顔を合わせることになる。

（一体、どんな方かしら。小柄で可愛らしい？　それとも華奢で綺麗な感じ？　お姉様より美しい人はいないと思うけれど、タバールには美人が多いと聞くし……。正直言って、ドミニク様より気になるわ）

ルフィナが寝入る寸前まで考えていたのは、タバールの王女のことだった。


翌日、ルフィナはすっきりした目覚めを迎えた。

旅の疲れもあり、夢も見ずにぐっすり寝入っていたらしい。

起きた時にはもう日は高くなっていたが、今日の予定は午後からだ。

のんびり構えたルフィナが、遅い朝食を食べ終え、ゆったりと食後のお茶を楽しんでいるところへ、パメラがやってきた。

「姫様。よろしければ、そろそろ準備を始めさせて頂きたいのですが」

パメラはいつになく緊張した面持ちで、そう切り出した。

壁の時計を見てみれば、まだ十時を回ったところだ。

「もう？　顔合わせの約束は、十四時よ。まだちょっと早いんじゃない？」

「いいえ、まずは全身のお手入れからですので、今から始めなければ間に合いません」

パメラの後ろに目を遣ると、今回の旅に同行してきた二人のメイドがエプロン姿で待機しているのが見える。彼女たちは、何故かやる気満々の様相でこちらを見つめていた。

「何事も初めが肝心と申します。ルフィナ様の美しさを最大限に発揮させるべく、アドリア様と綿密な打ち合わせをさせて頂きました」

「ガツンと行くって、そういう……」

フォルカーが言っていた言葉の意味をようやく理解する。

どうやら彼は、他の候補者たちの戦意を初日で喪失させたいらしい。

これからするのは、よその王女を見た目で威圧する為の支度だ。

(長い身支度は苦手だけど、目的の為だもの。仕方ないわね)

ルフィナは大人しく立ち上がり、バスルームへと移動した。

広い洗い場には、マッサージ用の施術台が運びこまれている。これもサンティスから持ち込んだのだろうか。

(お姉様の本気を見たわ……)

バスルームで全身を磨かれたルフィナは、ドレッシングルームへと移動し、鏡台の前に座った。そこで丁寧に髪を乾かされ、爪を美しく磨かれる。パメラは熱したコテを使い、長い髪をゆるやかに波打たせた。

それが終わると、次は姿見の前に立たされ、深い青色のドレスを着せられる。

コルセットを使うプリンセスラインのドレスではなく、胸の下で切り替えのあるドレープドレスだ。軽やかに揺らめく裾には金糸で繊細な刺繍《ししゅう》が施されている。色合いと相まって、まるで暮れたばかりの空に浮かぶ星のようだ。柔らかな生地自体に銀箔が織り込まれているらしく、身動《みじろ》ぎする度に淡く光る。バスルームで塗り込まれた香油が、肌からほのかに上品な薔薇の香りを立ち上らせる。

「姫様、そのまま動かないで下さいね」

パメラは息を殺して顔を近づけ、ルフィナの睫毛《まつげ》を上向きに梳かした。

仕上げにピンクの紅を唇に乗せ、ふう、と息を吐く。

改めて鏡に視線を向ければ、アドリアにも見劣りしないほどの美女が映っていた。

右側だけ編み込まれた長い髪は背中へと流れ落ち、右耳の上に百合の花をかたどった髪飾りが差してある。装飾品と呼べるのは、それだけだ。ネックレスもイヤリングもない。

だが、だからこそルフィナ本人の美しさが際立って見える。

淡い金色の髪に包まれ、けぶるような銀灰色の瞳を瞬かせる女性は、まさしく『月の女神の末裔』の名にふさわしい気高い美しさを誇っていた。

「すごい……。我ながら、見違えたわ。さすがはお姉様ね」

自分では思いつけなかった、と喜ぶルフィナに、パメラは優しく微笑む。

「ルフィナ様はいつもとてもお綺麗ですよ」

パメラの気遣いに感謝しながら手袋を嵌め、扇とレティキュールを持つ。

見計らったようなタイミングで、フォルカーが迎えにやってきた。

彼はまじまじとルフィナを見つめ、ふわりと破顔する。

「予想以上に素晴らしい。じゃあ、ドミニク王子と他の王女たちを蹴散らしに行こうか」

フォルカーの差し出した手にそっと手を乗せたルフィナは、口をむずむずさせた。

王子様まで蹴散らしたらダメでしょう、と突っ込みたいが、すでに余所行きの演技は始まっている。

アドリアならどうするか考えたルフィナは、小さく微笑むに留めた。


『ガツンと行く』為、頑張った結果どうなったかと言えば――。

端的に言えば、ルフィナの圧勝だった。

案内役に従ってやって来た王城のサロンには、すでに五名の王女が集まっていたのだが、部屋に入ってきたルフィナを見るなり、椅子に腰掛けた全員が固まった。扇をポトリと落とした者もいる。

彼女たちの視線が自分の顔に集まるのを感じ、ルフィナは納得した。

（私の髪と目の色が珍しいのね。確かに他では見ない色だもの）

ルフィナはフォルカーの腕から手を離し、部屋の中央まで進んで軽く膝を折る。

「はじめまして。サンティスから参りましたルフィナと申します――」

『どうかお見知りおきを』と続ける予定だった挨拶は、全員が席を立ったことで途切れた。

「ごめんなさい、わたくし、急用を思い出しましたわ」

五名の中で一番年上らしく見える王女の言い出した台詞に、残りの四人が「私も」と次々に続く。

「せっかくの集まりですのに、ドミニク殿下がいらっしゃる前に退座する失礼をお許し下さい。来月のパーティでお目にかかれるのを楽しみにしています」

口火を切った王女はそう言って一礼し、そそくさとサロンを去っていく。

こちらの返事を待たずに退出していく彼女たちを、ルフィナは唖然として見送った。

フォルカーを振り返ると、彼は悪い笑みを顔いっぱいに浮かべている。

「みんな、諦め早いなあ。それとも、もともと乗り気じゃなかったのかな」

「おにい様」

ルフィナが小声で窘めると、フォルカーは軽く肩を竦《すく》め、空になった椅子の一つにルフイナを座らせた。

「今日ここに来る王女は、全部で七名のはずなんだけど。残りの一人は誰だろうね」

フォルカーが首を傾げた直後に、柔らかな低音がサロンの入り口から響く。

「――どうやら私のようです」

扉を見れば、七人目の王女が、従者らしき青年と共にこちらへ近づいてくる。

ルフィナは緊張しながら立ち上がり、彼女に向き直った。

「はじめまして、サンティスの姫君。タバールから参りましたカミーラと申します」

目前までやってきた女性は確かにそう名乗ったが、ルフィナが思い浮かべていた人物像とのあまりの乖離《かいり》に、ぽかんと口が開きそうになる。

（この方が、タバールの王女様⁉）

民族衣装らしきマキシドレスを纏った王女は、色鮮やかなスカーフで髪全体を覆っていた。更にはフェイスヴェールをつけている為、見えているのは前髪と目元だけだ。ドレスの袖は長くゆったりしており、広がった袖口から指先がちらりと覗く。

女性としては全体的に大柄で、均整の取れた長身をしている。

さらりと流れる前髪は漆黒、切れ長の瞳は琥珀色《こはくいろ》だ。

見えている部分は少ないのに、人目を惹かずにはおかない美しさが伝わってくる。ルフィナが想像していたどのタイプでもない、何ともエキゾチックで迫力のある美女だ。

「はじめまして、カミーラ様。サンティスのルフィナと申します」

ルフィナは受けた衝撃を何とか押し隠し、挨拶を返す。

カミーラは目元を和ませ、小さく頷くと、フォルカーへ視線を移した。

「そちらの方は、オルランディ侯爵家のご子息でしょうか」

フォルカーは優雅に一礼し、柔らかな口調で答える。

「はじめまして、カミーラ殿下。フォルカー・オルランディと申します。お目にかかれて光栄です」

「私も会えて嬉しいです。こちらは、サディク・ナーフィス。普段は兄の側近を務めているのですが、今回は私についてきてもらいました」

カミーラに紹介された青年が、軽く頭を下げる。

彼の所作は、サンティスの騎士に似ている。王女の護衛を兼ねているのだろうとルフィナは推察した。

「王太子殿下の側近というと、カザーフ家の方でしょうか。それともナイザル家?」

フォルカーの問いに、サディクは目を見開いた。

「よくご存じですね。私はカザーフ家の長男です」

「タバール王家を支える五本の剣は、有名ですから」

フォルカーの答えに、サディクは薄く微笑んで礼を述べる。

その態度は礼儀に則《のっと》った丁寧なものだが、サディクの瞳は全く笑っていなかった。

（なんだろう……そこはかとない敵意を感じるのは、私だけ？）

フォルカーがどう思ったか知りたくなったが、この場で尋ねるわけにもいかず、控えめな笑みを浮かべてその場に佇む。

カミーラは、何故か先ほどからじっとルフィナを見つめている。

一体なんだろうと目を合わせれば、にこりと微笑まれ、恥ずかしくなってそっと瞳を伏せる。その繰り返しだ。

フォルカーとサディクは、当たり障りのない会話を続けている。互いの国を褒めたり、他愛のない近況を話したり、といったものだ。

だが友好的なやり取りはあくまで表面上のものであると、互いに承知しているような雰囲気もあった。

一体、いつまでこうしていなければならないのだろう。頬の筋肉は限界を訴えている。

ルフィナがこっそり溜息をつきそうになったその時、サロンの入り口に先ほどの案内役が再び姿を見せた。

「大変お待たせいたしました。ドミニク殿下のご到着です」

案内役の先触れに、ルフィナとカミーラは居住まいを正す。

「すまない、遅れてしまった」

騎士服に身を包んだ青年が、早足で入室してくる。

意志の強そうな眉に、涼しげな目元。鼻梁は高く、唇は薄い。男性的な魅力に溢れた金髪碧眼の彼が、ドミニク王子らしい。

彼はルフィナとカミーラを見ると、精悍な顔に感嘆の表情を浮かべた。

「他の王女方が退室したと聞いて何事かと思ったが、なるほど納得した」

「殿下」

傍に控えた侍従が慌てたように窘める。ドミニクは屈託のない笑みを覗かせ、「褒め言葉のつもりだったが、不躾に聞こえたのならすまない」と謝罪した。

何とも気さくで、飾り気のない青年だ。

「ここではゆっくり話せないな。茶はどこで飲める?」

ドミニクの問いに、侍従が丁寧に答える。

「隣のテラスルームに用意がございます」

「ならば、そちらへ移動しよう」

ドミニクはルフィナとカミーラに近づくと、両腕を軽く持ち上げた。

(ええと、これは一体……)

ルフィナの知っているエスコートは、男性側から恭《うやうや》しく手を差し伸べられることで始まる。どうすればいいか戸惑うルフィナを、カミーラはちらりと見下ろした。

それから、まるで手本を見せるようにドミニクの左側に回り、彼の腕に手をかける。どうやらルフィナの方から動く必要があったようだ。

ルフィナは空いている右腕にそっと手を添えた。

ドミニクは二人の王女を交互に見遣り、ふ、と笑みを浮かべる。

「サンティスのルフィナ王女。そしてタバールのカミーラ王女。ようこそ、シュレンドルフへ」

素性は分かっているから、改まった自己紹介はいらないという言外の意味に気づき、ルフィナは一度瞳を伏せ、「お招きありがとうございます」と答えるに留めた。

カミーラも同じ言葉を返す。

「遠いところから来てくれたのだ。どうかゆっくり楽しんでいって欲しい。滞在中何か不自由なことがあれば、遠慮なく申し付けてくれ」

そう言ったドミニクは、どこまでも自然体だった。

自分に会いにきた花嫁候補を見定めてやろう、といった傲慢《ごうまん》な空気は全く感じられない。

(王子様というより、将軍様ね。気さくで豪胆で、部下にすごく人気がありそう)

彼の体軀は騎士服の上からでもかなり鍛えられていることが分かる。ルフィナが軽く触れている腕も、同じ人間の体とは思えないほど固かった。『シュレンドルフの盾』という二つ名は、決して誇張された賛辞ではないのだろう。

テラスルームへ入り、テーブルの傍まで来ると、カミーラがドミニクから手を離す。ルフィナも彼女を真似て、ドミニクから離れた。

ドミニクは近くの椅子を引いてまずはルフィナを座らせ、次にカミーラを座らせる。それから背後を振り返り、フォルカーとサディクに「好きな場所に座ってくれ」と促した。フォルカーはルフィナの隣に、サディクはカミーラの隣に腰を下ろす。

テラスルームをそれとなく見回すと、壁際で慌ただしく動き回る使用人たちが目に入る。どうやら使わなくなったテーブルと椅子を片付けているところらしい。

本当なら他に五人の王女が参加するはずだったのだ。急な変更に慌てる彼らを気の毒に思ったが、そもそも原因は自分が作ったのだった、と申し訳なくなった。

「失礼致します」

揃いのお仕着せ服を着た給仕たちがやって来て、純白のクロスが掛けられたテーブルに軽食や焼き菓子を並べていく。それぞれの前に置かれたティーカップに温かなお茶が注がれれば、茶会の始まりだ。

ドミニクはもてなし上手だった。

着込んだカミーラを気遣い、途中でテラスの窓を開けさせて風を通したり、ルフィナに寒くはないかと尋ねたり。誰も疎外感を感じないよう、全員に満遍《まんべん》なく話題を振り、楽しげに相槌を打つ。

優雅さとは程遠いが、心の籠った歓待にルフィナは感心した。

さりげなく隣を見れば、フォルカーも珍しく声を立てて笑っている。

ルフィナは心底残念に思った。

もしもサンティス神聖国王の名代として来ているのでなければ——。

ルフィナも声を立てて笑ったし、初めて見る珍しい菓子は全部制覇した。

ドミニクの王国軍での活躍をもっと聞きたいとせがんだし、タバールの独特の風習について カミーラにあれこれ質問した。

だが、どれもできない。ルフィナはただお淑やかに座り、穏やかに微笑み、控えめな態度で会話に参加した。それが皆の思う『サンティスの王女』らしい振舞いだから。

「ルフィナ王女は、噂にたがわぬ姫だな」

そうドミニクに言われた時はドキリとした。

「どういった噂でしょう？　悲しいものではないと良いのですが……」

「もちろん良い噂だ。優雅で気品に溢れ、何より女神のように美しい、と」

それは全部アドリアのことだ、と心の中で反論する。

ルフィナは一瞬、唇を歪めたが、隣に座ったカミーラの視線を感じ、すぐに表情を取り繕った。扇を広げて口元を隠し、恥じらうように瞳を伏せる。

「過分なお言葉ですわ」

「言われ慣れているだろうに、ルフィナ王女は本当に謙虚だな」

ドミニクは感心したように言うと、次はカミーラを褒め始める。

二人の王女をあくまで平等に扱おうとする彼の公平な態度に、ルフィナは安堵し、そしてそう思った自分に驚いた。

本当なら特別扱いされないことを寂しく思わなければならないのに、何故かそんな気になれない。

ドミニクが悪いわけでは、決してない。意志の強さが滲む男性らしい面立ちのドミニクは、女性を惹き付ける魅力に満ちている。どうして彼にときめかないのか、ルフィナが一番知りたいくらい、彼は素敵な男性なのだ。

(このモヤモヤは、一体どういう……?)

ルフィナは胸の靄《もや》から目を背け、柔らかな笑みをたたえて、皆の話に聞き入る振りをする。時間にすれば一時間ほどの歓談だったが、ルフィナにはもっと長く感じられた。

今は早く部屋に戻って、心の中を整理したい。

そんなルフィナの願いが通じたのか、ドミニクが「もうこんな時間か。今日はこの辺でお開きにしよう」と切り出した。

ルフィナたちはそれぞれ歓待への礼を述べ、席を立つ。

ドミニクはここで見送るつもりらしく、エスコートする素振りは見せない。

ルフィナとカミーラがそれぞれの付き添いに連れられ、テラスルームを出ようとしたところで、ドミニクは「すまなかった」と声を掛けた。

不思議に思って振り返る。

ドミニクが遅れたのは、国境を守る辺境軍からの報告を聞いていた為だ。しばらく現場に居られないせいで指示が詳細に渡ることになり、予定をオーバーしてしまった、とすでに説明と謝罪は受けている。

他に何か謝られるようなことがあっただろうか、と首を傾げるルフィナの隣で、カミーラも不思議そうに瞳を瞬かせる。

「祝宴にかこつけて他国の王女を集め、一方的な品定めじみた真似をするのは嫌だったのだが、それがシュレンドルフのしきたりだと押し切られてしまった。こちらの我に付き合わせてしまっていること、本当に申し訳ない」

ドミニクの真摯な謝罪に、ルフィナは目を丸くした。

「報告が長引いたのは嘘ではないが、ここへ来る足が重かったのも事実だ。他の王女たちが辞退したと聞き、実は安堵した。今回の話自体がなくなるのではないかと期待もした」

ドミニクの独白は続く。

そこまで赤裸々に事情を打ち明けていいのか、とルフィナは心配になった。

案の定、ドミニクの背後に控えた侍従は、真っ青になっている。

「あなたたちが辞退しなければ、私はどちらかを選ばなければならないらしい。今回の件を少しでも不快に思うのなら、早めに辞退することをお勧めする」

これは、暗に辞退しろと言われているのだろうか。

ルフィナもカミーラも、ドミニクのお眼鏡には適わなかった、という意味かもしれない。

「辞退した方が良いと仰るのでしたら……」

ルフィナが遠慮がちに口を開くと、ドミニクはきっぱり首を振った。

「そんなことはない。二人とも、私にはもったいない立派な姫だ」

ドミニクのまっすぐな瞳に嘘はないように思える。

（……今のシュレンドルフ国王も、伯母様が参加した花嫁選びの時に同じことを仰ったのではなかったかしら。もしかしたら、陛下もドミニク様のように本気で悩まれたのかもしれない）

ルフィナは『しきたり』という名の大義のもと、苦渋の選択を強いられるシュレンドルフの王子に、初めて同情した。確かに、誰を選んでも角が立つ話だ。

「だからこそ、こうして残ってくれた二人には誠実でありたいと思う。シュレンドルフの王子としても、個人としても」

ドミニクの懺悔《ざんげ》に、カミーラが溜息を吐く。

「……嫌味かよ」

自分にしか聞こえないくらいの小さな呟きに、ルフィナは自分の耳を疑った。

とっさにカミーラを見上げるが、彼女の様子は変わらない。

フォルカーの声ではなかった気がするが、もしかしたら彼が言ったのだろうか。

だとしたら、どういう意図で⁉

混乱する頭で、今度はフォルカーを見上げる。

彼はドミニクに意識を取られており、全くこちらには気づいていなかった。

カミーラの向こう側に立っているサディクの声が、あれほど近くで聞こえるとは思えない。もちろん、ルフィナでもない。

残るはやはり……――。

「それを仰るのでしたら、私たちはみな共犯です」

カミーラが落ち着いた口調で答える。先ほど耳にした台詞とはまるで違う、丁寧な声だ。

ルフィナはひとまず疑惑を棚上げすることにした。

ルフィナもドミニクが悪いとは、どうしても思えない。

「そうだろうか？」

「ええ。少なくとも私は、殿下に無理強いされて来たわけではありませんので」

カミーラの言葉に、ルフィナもそうだ、と思い至る。

花嫁選びに参加しなければ害すると、シュレンドルフに脅されたわけではない。ルフィナに無理強いしたのは、ドミニクではなく父のエミリオだ。

「殿下がこのように実直な方だとは、思ってもみませんでした。少し考えたいことがありますので、この件については保留させて下さい」

カミーラの申し出に、ドミニクは頷く。

「分かった。次に会う時は、もっと腹を割って話せることを期待している」

ドミニクはそう言うと、ルフィナとカミーラを順に見つめ、最後に瞳を細めた。

まるで何もかも見通しているかのような表情に、ルフィナの心臓が大きく跳ねる。

(私のこれが演技だと、見抜かれている……?)

そうとしか思えない意味深な態度に、じわりと冷や汗が浮かぶ。

もしも見抜かれているのなら、ドミニクの独白が持つ意味は変わってくる。

『私は本音を打ち明けた。お前たちも隠している手札を開示しろ』——考えすぎだとは思うが、まるでそんな風に突きつけられたように感じる。

ドミニクの視線は、カミーラにも向けられていた。

(もしかして、彼女も何かを隠してるの……?)

事はもっと単純だと思っていた。

ドミニクの関心を惹きつつ、カミーラとの仲を邪魔する。

たったそれだけの任務だったはずが、気づけば互いの腹の探り合いになっている。

前途多難な気配を察知し、ルフィナは天を仰ぎたくなった。

◇◇◇

初めての顔合わせを済ませたその夜。

ルフィナはパメラに一部始終を話して聞かせた。

自分の中で上手く消化できないことがある時、ルフィナは決まってパメラに打ち明ける。起こったことを順に話していく中で、自分でも思わぬ気づきがあるので、心を軽くするにはとても有用な手段なのだ。

パメラの方も「姫様の相談役は誰にも譲りたくありません」と常々言っており、こうして話を切り出すと、いつも嬉しそうに耳を傾けてくれる。

パメラはルフィナの話を聞き終えると、なるほど、と頷いた。

「では、ドミニク様は姫様のタイプではなかったのですね」

思いがけない返答に、ルフィナは意表を突かれた。

「タイプじゃない、って……あんなに恰好いいのに？」

「ええ。客観的な評価は、個人的な好みとは関係ありません」

「そういうものなんだ……」

サンティスの王女は、初めての縁談がくるまで、異性との接触を厳しく制限される。万が一のことがあってはならないからだ。

ルフィナは二十歳になるが、色恋に関しては子ども同然だった。見合い相手が素敵な男性ならば、自然と恋愛的な好意を抱くだろうと信じるくらいに。

「姫様は、戸惑われたのでしょう。頭では素晴らしい人だと思うのに、心がついてこない。これは一体どういうことか、と。それは結局、『見合い相手がタイプじゃなかった』ということです」

パメラの解説に、ルフィナは深く納得した。と同時に、自分に対し強い落胆を覚える。

「……すごくショックだわ」

ルフィナが呟くと、パメラは同情の籠った表情を浮かべた。

「残念でしたね。ですが、まだ出会ったばかりです。相手を知っていくうちに、最初の印象が変わって好きになることだってありますわ」

パメラの励ましに、ルフィナはゆるく首を振る。

「違うの。ショックなのは、私が自分の結婚に恋愛要素を求めていたと自覚させられたことよ。国の為の結婚をすると決めていたはずなのに、無意識のうちに、物語みたいな恋をしたいと願っていたみたい。それが信じられないの」

ルフィナは、ふう、と一つ息を吐き、気持ちを切り替えた。

モヤモヤの理由が分かれば、あとは割り切るだけだ。

「ありがとう、パメラ。あなたのお陰で心の整理がついたわ。お父様はカミーラ様を蹴落とせと言ったけど、私はやっぱりそんなことしたくない。要はドミニク様に選ばれればいいのだもの。彼に好きになって貰えるよう頑張るわ」

よし、と拳を握って気合を入れると、パメラが心配そうに瞳を覗き込んでくる。

「本当に、大丈夫ですか？」

「ええ、大丈夫。もちろん無理はしないわよ？　頑張ってみても駄目だったら、潔く諦める。お姉様もそう言っていたもの」

「ですがもしもうまくいったら、ドミニク様と結婚することになるんですよ？」

パメラの念押しを聞いても、ルフィナの心は揺らがなかった。

友情で始まる夫婦関係があってもいいではないか。時間をかけて互いの性格を理解し合い、確かな信頼関係を築いていけばいい。

幸い、ドミニクは誠実な人間だ。戦いに出る時は無事を祈ってやきもきするだろうが、女性関係で悩まされることはなさそうだ。タイプではないだけで、生理的嫌悪感を抱く相手でもない。

「彼は素敵な人だもの。すぐには無理でも、いつか愛せるようになるはずよ」

「姫様がそこまでおっしゃるのでしたら、私も応援します」

「ありがとう。是非一緒に作戦を立ててね」

頼もしく頷くパメラに微笑みかけたところで、ルフィナはもう一方の懸念を思い出した。

「ドミニク様の意味深な台詞にはどう対処したらいいのかしら……私だけじゃなくて、カミーラ様にも含みがありそうだったのよね」

「タバールの王女様も姫様のように、素を隠しているということですか？」

「うーん……。無理している感じはしなかったけど、口数はとても少なかったわ。控えめに振舞ってるという感じじゃなくて、言いたいことははっきり言うけど端的に話す感じ」

「なるほど。では、実際はとてもお喋りだとか？」

小首を傾げてパメラが言う。

興奮状態で雑談に興じるカミーラを想像したルフィナは、思わず笑ってしまった。

「もしそうなら、見た目詐欺は私の比じゃないわね。カミーラ様は物静かで、とても神秘的な方だったの。背もすごく高いのよ？　フォルカーと同じくらいかしら」

「まあ、そんなに……」

「私も初めて見た時は驚いたわ。背が高いだけじゃなくて、全体的に凛としていらっしゃるの。そうね……たとえば剣舞なんてさせたら、ものすごく映えると思うわ。琥珀色の瞳が魅力的で、ちらりと視線を送る時の色っぽさと言ったら……。髪はどれくらい長いのかしら。前髪しか見えなかったから分からないけど、サラサラなのは間違いないわね」

ドミニクを巡るライバルだと分かっていても、彼女の魅力について熱弁を振るわずにいられない。瞳を輝かせて語るルフィナを見て、パメラは頬を緩めた。

「姫様は、ドミニク様よりカミーラ様が気になるようですね」

ルフィナにもその自覚はあった。

どういうわけか、カミーラのことが気になって仕方ないのだ。

「予想と全く違う雰囲気の方だったから、印象が強いのね、きっと。ドミニク様は立派でいらっしゃるけど、意外性はなかったもの」

パメラはなるほど、と頷き、話を元に戻した。

「カミーラ様が隠しているかもしれない謎のことはひとまず置いておいて、まずはドミニク様への対応をどうするか決めた方がよさそうですね」

「ええ。考えてみたんだけど、ドミニク様の仰る通り、ありのままの私でお話ししてみようかと思うの。彼の誠実さに、私も応えたいわ」

「姫様なら、そうおっしゃると思っていました」

「止めないの？　『サンティス王女』のイメージは完全に壊れるわよ？」

ルフィナの確認に、パメラはゆったりと微笑む。

「ドミニク様は『腹を割って話したい』と仰ったのでしょう？　それなら、『ここだけの話』になされば良いのです。姫様が本当はどんな方なのか、誰彼構わず吹聴《ふいちょう》する必要など、どこにもありません。姫様とドミニク様だけの秘密をお作りなさいませ」

目当ての男性と、二人だけの秘密を作る――何とも甘美な響きの作戦だ。

「いいわね！　それで行くわ」

晴れやかな表情で両手を合わせるルフィナに、パメラは釘を刺した。

「ですが、ドミニク様以外には、くれぐれも気取《けど》られないようにして下さいね。特にタバール側にはお気をつけくださ い。姫様がカミーラ様を好ましく思われていることは、先程のお話で分かりましたが、それはあくまでかの方の容姿と雰囲気に対してです。一見優しそうに見えて腹黒い人間など珍しくありません。それにカミーラ様ご本人に害意はなかったとしても、周囲はどうか分かりませんし」

ルフィナの脳裏にサディクのひんやりとした眼差しが過《よ》ぎる。

パメラの助言はもっともだ。ルフィナはこくりと頷いた。

「そうね。タバールの足を掬うつもりで来たのに、逆に掬われた、なんてことになったら、お父様に絞め殺されてしまうわ」

冗談めかして言ったが、父のあの様子だとあながち誇張ではない気がするから恐ろしい。

パメラも否定はしなかった。

そして翌日――。

暇を持て余したルフィナは、バルコニーに佇み、すぐ傍まで茂っている大木を観察していた。鳥の巣はなさそうだ。枝は太く、葉は瑞々しく生い茂っており、花はついていない。

何故こんなことをしているかというと、今日は何も予定がないから。

ドミニク攻略の方針と作戦は決まったものの、具体的にどう動くかは、彼といつ会えるか分からないことには決まらない。

お目付け役のフォルカーはといえば、他国の大使との会合があるとかで、朝から外出している。

「相手からの連絡を待つしかない状態って、つらいのね……」

はあ、と溜息をついて居間へ戻ると、すぐにパメラがやって来た。

「先ほどドミニク様の使いが、パーティまでの殿下の予定を届けにいらっしゃいました。今、ご覧になりますか？」

「もちろん！　スケジュールが分かるのは、ありがたいわ。漠然と待たずに済むもの」

ルフィナはパメラの手を取ってソファーへ移動し、隣に彼女を座らせた。それから、達筆で書かれた予定表を、共に覗き込む。

久しぶりに王都へ戻ってきたドミニクは、何かと多忙なようで、花嫁候補だけに構ってはいられないらしい。

「ええと、明日の午後はカミーラ様と、明後日の午後は私と会うのね。そこから二日空いて、土曜日は三人で王立美術館を見学、と。……これ、もしも候補者が全員残っていたら、ドミニク様は七名の王女をエスコートして出かけたのかしら」

途中の項目に目を留めたルフィナは、呆れ声を漏らした。

ドミニクの腕は二本しかない。誰が王子の隣を陣取るか、女同士で牽制しあう場面が脳裏に浮かび、げんなりする。

「個別に出かける余裕はなさそうですものね。その場合は、時間で区切って、順番にエスコートなさったのでしょうか。ドミニク様のご負担もすごそうです」

答えるパメラの声には、笑みが滲んでいる。ルフィナも、同じ道を何度も往復するドミニクの姿を思い浮かべ、くすくす笑った。

「笑いごとじゃないけど、笑っちゃうわね。二人で話す時も、時間制だったかもよ。話の途中で『お時間です』なんて侍従に声を掛けられたりして」

「あり得ないとは言えませんね」

ルフィナは予定表をテーブルの上に戻し、はあ、と嘆息する。

「ドミニク様が悪いわけじゃないけれど、これじゃ退屈で仕方ないわ。せっかく初めて外国に来たのに、自分の番が来るまでぼんやり待ってなきゃいけないなんて……」

「遠出は無理ですが、近くを散策するくらいはいいのでは?」

気落ちするルフィナを見かねたパメラが、そう提案する。

「いいわね！」

ルフィナはすぐに賛成した。フォルカーから「予定がない時は自室で待機しているように」と言われたことは、都合よく忘れることにする。

それに予定なら今、できた。貴賓館とその周辺を見学するという、大事な予定だ。

「では、お伴いたしますね」

今のルフィナは、動きやすさを重視した空色のデイドレスを纏っている。髪はゆるく編み込み、一つに纏めていた。

「この格好のままでいいかしら？」

「人と会うわけではありませんし、散歩にはぴったりの装いかと」

「ありがとう。パメラが言うなら、大丈夫ね」

「帽子と手袋をお持ちしますね」

準備をしているうちに、先ほどの憂鬱な気持ちが薄れていく。

ルフィナはパメラとにこやかに話しながら、部屋の外に出た。

心許せる相手と二人、気が向くままに歩き回れると思うと、たとえ限られた範囲でも心が弾んでくる。

「まずは、庭に出てみたいわ」

ワクワクしながら一歩を踏み出したルフィナは、まさかこのすぐ後、とんでもないものを目撃するとは思ってもみなかった。

◇◇◇

「――姫様、やはり戻った方が……」

「しーっ。今動くと、気づかれてしまうわ」

ルフィナとパメラは、声には出さず唇だけ動かして会話した。

二人が今いるのは、貴賓館の裏手に位置する大きな薔薇園《ばらえん》の中だ。

それだけなら特に問題はないのだが、二人から少し離れた場所にドミニクとカミーラがいるとなれば、話は変わってくる。

しかもルフィナとパメラは、揃って生垣の陰にしゃがみ込み、彼らの様子を覗き見しているというのだから、尋常ではない。

事の発端は、貴賓館の前庭で季節の花を愛でていたルフィナが、ドミニクを発見したことだった。

今日は確か、他の王国軍の将軍と会う予定だったはず。

ドミニクのスケジュールを思い浮かべたルフィナは、瞳を瞬かせた。

会合が終わって自室に戻るところなのかもしれないが、それなら何故、貴賓館の近くにいるのだろう。

「あれは、ドミニク様？」

隣にいるパメラも気づいたらしく、目を眇《すが》める。

ドミニクがこちらに気づく素振りはない。

歩いている彼からは、ベンチに座ったルフィナ達は見えにくいのかもしれない。

「もしかして、私かカミーラ様に会いにきたのかしら」

それなら、一度部屋に戻った方が良さそうだ。

ルフィナは思ったが、パメラは納得できない様子で首を傾げる。

「前もって今後の予定を知らせて下さった方が、面会の予約もなしにいきなり訪ねてこられるでしょうか？」

「確かにそうね……」

二人で話しているうちに、ドミニクが近づいてくる。

流石に立って挨拶をしようと腰をあげかけたルフィナは、そのまま固まった。

分かれ道に差し掛かったドミニクが選んだのは、正面玄関へ続く道ではなかったのだ。

右手の道に進んだ彼は、迷いのない足取りでずんずん進んでいき、やがて姿が見えなくなる。

「一体どこへ向かわれたのかしら……？」

「なんでしょうね……」

揃って首を傾げたルフィナとパメラは、どちらからともなく立ち上がり、先ほどドミニクが通り過ぎた分かれ道へと歩みを進める。

道端には、瀟洒なデザインの標識が立っていた。

「右へ進むと、薔薇園に出るみたい」

「そういえば、廊下側の窓から見えましたね。まるで迷路のような……」

「ああ、あれ！　何だろうと思っていたけど、薔薇園だったの」

背の高い生垣で幾重にも囲われた庭らしきものなら、ルフィナも目にしていたのだが、サンティスの薔薇園とは似ても似つかない形状だった為、すぐには結び付かなかった。

「私の勝手な予想ですし、違うかもしれません」

「じゃあ、本当はどこへ出るのか、確かめてみましょうよ」

ルフィナは、そわそわしながら提案した。

不思議な形状の庭をこの目で確かめたい気持ちと、ドミニクが伴もつけず一人でそこへ向かった理由を知りたい気持ちが合わさって、大きく膨らみ始める。

好奇心をあらわにしたルフィナを見て、パメラはかぶりを振った。

「またそんなことを仰って……。探索したいのでしたら、日を改めましょう。今行くと、ドミニク様と鉢合わせしてしまうかもしれません」

「会ってしまってもいいじゃない。お約束はしていないけど、偶然なのだもの」

「偶然ではありませんし、お一人で息抜きしたくていらっしゃったのなら、邪魔になってしまいます」

「私がドミニク様なら、息抜き先に婚約者候補がいる貴賓館の敷地は選ばないわ」

「それはそうかもしれませんが……」

「でも、そうね。パメラの気遣いももっともだし、ドミニク様には見つからないよう、こっそり行きましょう！」

ルフィナはぐ、と拳を握ってみせた。

パメラは噴き出し、クスクス笑いながら答える。

「どうしてそうなるんですか、と突っ込みたい気持ちでいっぱいですが、分かりました。本当のことを言えば、私も気になりますし」

「でしょう？　気になるわよね！」

二人は顔を見合わせ、よし、と頷くと、唇を引き結んで、右手へ続く道を歩き始めた。

貴賓館をぐるりと迂回していくうちに、前方に高い生垣が見えてくる。

「やっぱり、裏手にあったアレみたい」

「薔薇園だったんですね」

ひそひそ声で言い合い、入り口らしき隙間から中に入る。

実際に入ってみれば、そこは迷路ではなかった。薔薇を鑑賞できるエリアや、出口までの標識が、至るところに立っているのだ。

「これなら、迷子になる心配はなさそうです」

「そうね。薔薇のシーズンじゃないのが、残念だわ。きっとすごく綺麗なんでしょうね」

ルフィナは、短く刈り込まれた薔薇の株を眺めてそう言ったが、心の中の疑惑は膨らむ一方だった。

(ここまで一本道だった。見るもののない薔薇園に、ドミニク様は何をしにいらしたの?)

パメラもルフィナと同じ気持ちらしく、訝《いぶか》しそうに眉根を寄せて辺りを見回している。

かなり奥まで来てみたが、ドミニクの姿は見当たらない。

ルフィナが、この辺で引き揚げた方がいいかと思い始めた頃。

風に乗って人の声が聞こえてきた。

「——……と……。……だ」

「……——った。……で……ろうか」

内容は聞き取れないが、少し離れた場所に二人いる気がする。

独り言にしては、口数が多すぎるのだ。

一人はドミニクで間違いないだろう。だが、もう一人は? 微かに聞こえる声だけでは、相手の性別すら判別できない。

パメラを見ると、「私にも聞こえました」と唇を動かして伝えてくる。

ここまで来たら、誰と話しているのか確かめずにいられない。

ルフィナは息を殺し、声のする方にそろそろと足を進めた。パメラも黙ったまま、すぐ後をついてくる。

「……はり、気づいていたのですね。それほど分かりやすかったですか？」

ルフィナは、とっさに立ち止まった。

息を詰めたまま、ドレスの裾を慎重に手繰り寄せ、その場に屈み込む。

目前の生垣のすぐ向こうに、声の持ち主たちはいた。

「そんなことはない。現に、サンティスの姫たちは気づいていなかったはずだ」

こちらの声は間違いない、ドミニクだ。

気づけばパメラも、ルフィナのすぐ隣にしゃがみ込んでいる。

生い茂った生垣に顔を近づけてみれば、枝葉の間から向かい合った二人の姿が見えた。

すらりとした長身は、今日も足首まで隠れるゆったりした民族ドレスを纏っている。

間違いない。ドミニクと相対しているのは、カミーラ王女だ。

（どういうこと？　彼女との歓談は、明日ではなかったの？）

話の内容はもちろん、このようにひとけのない場所で二人きりで会っている事実も、謎でしかない。

「明日は、本物のカミーラ姫に会えると思っていいのだろうか」

ドミニクの問いかけに、ルフィナの頭は真っ白になった。

(本物、って……!?)

思わず漏れそうになる声を、必死に噛み殺す。

「それはこの場では約束できません。殿下は非礼を詫びて下さった。こちらもまずは謝罪を、と思ったまでです」

カミーラは淡々とした口調で答えた。

「なるほど。互いにままならぬ立ち場のようだ」

「これ以上あなたの面子を潰すつもりはないのですが、頑固なところがあって……」

「いや、それはいい。どうしても今回決めねばならないわけでもないし──」

ドミニクはそこで言葉を切り、何故か少し間を置いた。

それから、笑みを含んだ声で「候補はカミーラ姫だけではない。ルフィナ姫も、きっと私を楽しませてくれるだろう」と続ける。

突然出てきた自分の名前に、ルフィナは飛び上がりそうになった。

そして冒頭に至るわけだが──。

「そろそろ、私は戻る。このままここで話していては、風邪をひかせてしまいそうだ」

ドミニクの声に、ルフィナとパメラは生垣の向こうへ視線を戻した。どうやら二人の逢引は、これでお開きらしい。

『風邪を』というくだりで、ドミニクがちらりとこちらを見た気がして、ルフィナは冷や汗をかいた。

(見たといっても目が合ったわけじゃないし、ほんの一瞬だもの。気づかれたわけじゃないわよね)

そう自分に言い聞かせ、どきどきと早鐘を打つ胸を押さえる。

カミーラはふ、と口角を上げ「確かに」と相槌を打った。

「では、どうぞ先にお戻りを」

「あなたはどうする?」

「少し待ってから戻ります。連れ立って歩いているところを誰かに見られて、オルランディ卿の耳にでも入ったら厄介だ。少なくとも、殿下のところへ抗議がいくのは間違いない」

「諸般の事情込みで言い訳をさせて貰えるのなら、私は別に困らないが?」

「それは勘弁して下さい」

「はは、分かった。では、また」

ドミニクは明るく笑うと、あっさりその場を立ち去っていく。

二人の間に艶めいた雰囲気は一切なかった。だが、交わされた会話は意味深なものばかりだ。

(早くカミーラ様も立ち去ってくれないかしら。そうしたら、たった今目撃した全てについて、心置きなくパメラと話せるのに……)

ルフィナは心の底から、そう願った。

ずっとしゃがみ込んでいるせいで、ふくらはぎの裏が痛い。我慢して待っていると、さく、さく、と地面を踏む音が近づいてくる。

出口は、逆方向だ。現にドミニクは背中を向けて去っていった。

しかし何故か、カミーラは入り口へ引き返してくる。

(このままでは見つかってしまうわ!)

ルフィナは意を決して、勢いよく立ち上がった。

そのままパメラの手を取り、来た道を駆け戻ろうとしたのだが、痺れた脚は言うことを聞かず、その場でよろめいてしまう。

「姫様⁉」

「おっと――」

パメラごと転びそうになったルフィナを支えたのは、力強い腕だった。

生垣に倒れ込まずには済んだが、頬がじん、と痛む。

何故だろう、と不思議に思ったルフィナは、遅れて自分の置かれている状況を理解した。

気づけば、カミーラがすぐ傍にいる。助けてくれたのは、彼女のようだ。

どうやら抱き留められた瞬間、カミーラの胸元に思いきり頬をぶつけたらしい。

(うう、地味に痛いわ……胸がなくて硬いから……硬いから!?)

ルフィナは道連れにしかけたパメラから手を離し、上体を捻ってカミーラの胸元に両手を押し当てた。礼儀作法はとうに頭から吹っ飛んでいる。

パメラはといえば、驚愕した顔のまま、その場に立ち尽くしていた。

「む、胸が、ない！　どうしよう、パメラ！　私、カミーラ様の胸を潰してしまったわ！」

「そんなわけあるか。あと、声が大きい」

大きな手が伸びてきて、ルフィナの口をすっぽり塞ぐ。

剣ダコらしきものがある硬い手の平に、ルフィナは更に混乱した。

どう考えても、男性の手だからだ。

(どこもかしこも硬いのは、そういうこと?　カミーラ様は、本物のカミーラ様じゃなくて、女の人でもないってこと?)

理解の範疇を大きく超えた事実に直面し、思わず遠い目になってしまう。

パメラはようやく状況を把握したらしく、頬を赤くしてカミーラに抗議した。

「い、今すぐ姫様から離れなさい、この、……このっ……！」

動転し過ぎて、とっさに適切な罵倒文句が出てこない様子のパメラに、カミーラは笑みを含んだ声で言い返す。

「『この』、なに？　頭から生垣に突っ込みそうになってたところを助けてあげたの、俺なんだけど」

パメラはぐ、と返答に詰まり、悔しそうに拳を握り締める。

いつになく感情的になっている彼女を見て、ルフィナは心の中で大きく頷いた。

（そうよね。誰だって、驚くわよね）

共感する気持ちのお陰で、先ほどのパニックが収まってくる。

ルフィナは軽くカミーラの手の甲を叩き、もう大丈夫だと合図を送った。

素直に手を離した彼女、いや、彼から一歩距離を取り、向かい合う。

――『背が高いだけじゃなくて、全体的に凛としていらっしゃるの。そうね……たとえば剣舞なんてさせたら、ものすごく映えると思うわ』

昨日、パメラに語って聞かせたカミーラに対する感想を思い出し、ルフィナは嘆息した。

凛々しいと感じたのも、当然だ。男なのだから。

見える部分が少なかったのは、違和感を減らす為。

身体の線が出ないゆったりしたロングドレスを着ていたのも、同じ理由だろう。

民族衣装なのは本当かもしれないが、すっかり騙された。

（ドミニク様が親しく話していたのだもの、滅多な人ではないのでしょうけど……）

とにかく、彼の正体が分からないことには話が始まらない。

「助けて下さったことは、ありがとう。素顔を見せて頂けると、もっと嬉しいわ」

断られるのは承知の上で、尋ねてみる。

本音を言えば、断ってくれてもよかった。

それなら、「タバール王女は男の身代わりを立てていた」というあちらに不利な情報だけを得て、自室に戻ることができる。

そんなルフィナの思惑を見透かすように、青年は琥珀色の瞳を煌めかせた。

「仰せのままに、お姫様」

彼は優雅に一礼すると、骨ばった手で髪を覆っていたスカーフと口元の布を外し始める。

何ということはない仕草なのに、何故か目を離せない。

あらわになった髪は長く、一つに結わえられていたが、それは付け毛で足していたものらしい。彼が毛先を引っ張ると、すぐに取れてしまう。

本当の髪は短かった。前髪こそ長めだが、横も襟足もすっきりと整えられている。

軽く首を振り、元の黒髪をサラリと揺らす彼の様子を、ルフィナはぼうっと見つめた。

隠されている部分も、きっと美しい。そう予想していたが、想像以上の美青年が目前に現れる。涼やかさと精悍さの両方を備えた美しさとでも言おうか。兄やフォルカーが持つ佳麗さとはまた、種類が違う。

ゆったりしたロングドレスは、もはや男物にしか見えなかった。

「これでいいかな？」

挑発的に問う表情さえ魅力的なのは、どういうことだろう。

気を抜けば見惚れてしまいそうで、ルフィナは怖くなった。初対面も同然の男に、心を奪われそうだなんて、絶対に認めたくない。

わざとそっけない表情を拵《こしら》え、追及を続ける。

「ええ、いいわ。カミーラ様ではないのよね。何とお呼びすれば？」

「イズディでいい」

「……それが本名なの？」

どこかで聞いたことのある響きだと思いながら、確認する。

彼は不敵な笑みを浮かべ、頷いた。

「ああ。俺の名前は、イズディハール・ハーフィズ。カミーラの双子の兄だ。サンティスの第一王女に求婚したはいいものの、はなから相手にすらされなかったタバールの王太子、と言った方が分かりやすいか」

ルフィナはあっけに取られ、まじまじと目前の青年を見つめた。

――『去年私には、タバールの王太子様……確かイズディハール様という名前だったわ。その方からも求婚の打診が来ていたの』

アドリアのおっとりした声が脳裏に蘇る。

穏便なやり方で断ったと聞いていたが、イズディハールの今の言い方では、タバール側はそう思わなかったというように聞こえる。

(もしもそうなら、嫌っているのはお互い様ということでは……?)

父王は、タバールの王女に一泡吹かせたいと企んでいる。

だが、もしタバール側も、アドリアとの縁談の件でサンティスに恨みを抱いているとしたら? 復讐の対象になるのは、間違いなくルフィナだ。

「なんて面倒な……」

思わず、本音が唇から漏れる。

予想外の出来事が立て続けに起きたせいで、ルフィナは疲れていた。それこそ、外面を取り繕うこともできない程に。

隣にいるパメラは、額を押さえ低く呻いた。

「今、面倒って言った?」

イズディハールは呆れ声で聴き返したが、気分を害したようには見えない。その証拠に、口元は今にも笑いだしそうに緩んでいる。

「ごめんなさい、事情が複雑でつい……」

彼は不思議そうに首を傾げた。

「そんなに複雑でもないだろ。うちが今回のパーティにカミーラを参加させたのは、サンティスも招待されていると知ったから。サンティスの第二王女が今年二十歳になった話は有名だからな。そろそろ花婿選びに乗り出す頃だと父は判断し、娘をライバルとして送り込んだ。目的は、前回の縁談の意趣返し。割とありがちな話だ」

「そういうことだと思ったわ……」

予想が当たって嘆息するルフィナに、イズディハールは瞳を和ませる。

「まあ、あくまで父の思惑は、という話だ。俺も妹も、正直くだらないと思ってる」

「本当に？　私に対して思うところがあったりしない？」

気づけば、ルフィナはそんなことを尋ねていた。

どんな返事がきたところで状況は変わらないのに、できれば彼には嫌われたくないと、そう思ってしまった。

「別に。俺とタバールに恥をかかせたのは、君じゃない。もっといえば、アドリア王女でもないんだろう」

さらりと答えたイズディハールに、ルフィナは安堵の息を吐いた。

彼は、一国の王女が背負う宿命を理解している。ルフィナにもアドリアにも選択肢はなかったと分かっている。それが、やけに嬉しい。

「私もそうよ。タバールだからと言って、お父様と同じようには考えられないわ」

「ん？　それはどういう――」

「姫様、もうお戻りになりませんと」

彼の問いかけを遮ったのは、パメラだ。彼女はルフィナの腕に手を置き、小さく首を振る。パメラの厳しい表情は「彼に心を許しすぎるな」と警告していた。

ルフィナはハッと我に返った。自分は何を浮かれているのだろう。

ルフィナが腹を割って話すべき相手は、イズディハールではなく、ドミニクだ。

「申し訳ありません。お話の途中ですが、そろそろ失礼させて頂きます。あまり長い時間、部屋を空けておくと、皆に心配をかけてしまいますので」

「それ、今更じゃない？」

イズディハールが首を傾げて指摘する。

部屋を空けていることではなく、取り繕った振舞いのことだとすぐに分かった。

ルフィナも今更だと思うが、線引きは大事だ。

外ではいつだって『サンティスの王女らしく』いなければいけないと、彼にも態度で示さなければならない。先ほどまでの気安い態度こそ異例なのだと。

ルフィナは余所行きの笑みを拵え、丁寧に膝を折った。

「お目にかかれて光栄でした、イズディハール様。では、またいずれ」

『ここから先に踏み込んで来ないで』――ルフィナの意図が伝わったのか、イズディハールは仕方ないといわんばかりの表情で溜息をついた。

だがすぐに瞳を煌めかせ、口角を引き上げる。

「ああ、またすぐに」

不敵な笑みに、心がざわめく。

ルフィナは瞳を伏せ、足早にその場を立ち去った。

第二章　秘密協定を結ぼう

薔薇園でイズディハールと話した翌朝――。

ルフィナはベッドの上で枕を抱え、ごろごろと寝返りを打っている。

昨晩もこの調子で、なかなか寝付けなかった。

(本物のカミーラ王女は、この先どうするつもりなのかしら)

兄王子を身代わりに立てたということは、ドミニクの縁談には乗り気ではないということなのか、それとも他に事情があるのか。

昨日、盗み聞きした会話からは判断できない。

もしもカミーラ王女が今回の花嫁選びから降りるのなら、ルフィナは争わずしてドミニクの妃の座を手に入れることができる。父王は、きっと喜ぶだろう。

自分にとっても、サンティスにとっても、喜ばしい婚姻となるはずだ。これほど気分が落ち込む理由は、どこにもない。

理屈に合わない感情を持て余し、じっと寝室の壁を睨んでいると、軽いノックの音が聞こえてきた。

「姫様、起きていらっしゃいますか？　そろそろ朝食のお時間です」

「……今、行くわ」

溜息混じりに返答し、ルフィナは渋々枕を離した。

朝食を取る間中、パメラは物言いたげにこちらを見てきた。

イズディハールに対する態度の件なら、昨夜しっかり説教を受けている。

女装の件で幾ら衝撃を受けたからと言って、心のガードを緩め過ぎた。猛省したルフィナを見て、パメラも「この話は終わりです」と言ったはずだ。

一体どうしたのだろう、と首を傾げたところで、来客を知らせる呼び鈴が鳴った。

「少し席を外しますね」

ルフィナに断って居間を出て行ったパメラが、どれだけも経たないうちに渋い顔で戻ってくる。彼女は不本意そうな表情で、来客の用件を伝えた。

「サディク・ナーフィスと名乗る青年が、廊下で待っています。カミーラ王女の使いだそうで、姫様の都合がよければカミーラ王女が泊まっている客室まで来てくれないかと」

「ええっ!?」

「実はこうなるのではないかと、心配しておりました。昨日、イズディハール殿下が『またすぐに』と仰ったことが気になっていたのです。ですが、まさか本当に昨日の今日で面会を求めてくるとは……」

　絶句するパメラの気持ちも分かる。出会ったばかりの人に対し、日を置かず約束なしの面会を求めることなど、サンティスの常識ではあり得ないからだ。

「しかも、あちらの部屋へ来いだなんて、非常識すぎます」

「そうね。今日は都合が悪いと断って」

　これ以上、関わらない方がいい。

　脳裏にちらつく琥珀色の瞳を無視し、ルフィナはきっぱり答えた。

　もともと出会うはずのない二人だったのだ。何もなかったことにするのが一番良い。

　ルフィナはそう思ったのだが、イズディハールの考えはまた違ったらしい。


「――どうして、彼女がここに？」

　ルフィナは唖然として、ドミニクの隣に立つカミーラ王女を見つめた。

　一瞬本物の王女かと思ったが、ドミニクが苦笑を浮かべたことで、イズディハールの方ではないかと疑う。

「すまない。今日はあなたと会う約束をしていると断ったのだが、これにどこで会うのか知られてしまって」

ドミニクは困った顔で謝罪した。

彼の『これ』呼びで確信する。やはりここにいるのは、イズディハールだ。

どうやらここへは、彼が一方的に押しかけてきたらしい。

当の本人は悪びれた様子もなく、瞳を笑ませてこちらを見ている。

その余裕たっぷりの態度に、ルフィナはかちんときた。

面会を断られたことに腹を立て、嫌がらせをしにきたのかもしれないが、そちらの思惑には乗るものか、と密かに拳を握りしめる。

「そういうことでしたら、今日はどうぞカミーラ様のお話を聞いて差し上げてください」

負けじと柔らかく微笑み、軽く膝を折る。

本当は『お前が遠慮しろ！』という気持ちだが、イズディハールが同席したままだと、彼のペースに乗せられ、言わなくていいことまで口走ってしまいそうで怖いのだ。

(これは戦略的撤退よ。決して逃げるわけじゃないわ)

そう自分に言い聞かせたルフィナに、イズディハールは挑発的な視線を向ける。

「ふうん。逃げるんだ？」

「は？」

思わず、ドスの利いた声が出てしまったのは、ルフィナのせいではないと思いたい。

ドミニクは、ぱちぱちと瞳を瞬かせた。

「ん、んんっ。ごめんなさい、喉がちょっと」

ルフィナは軽く咳払いをし、今の発言は喉の不調のせいだと誤魔化す。

イズディハールの肩は小刻みに震えていた。噴き出すのを我慢しているのだと分かり、かぁっと頬が熱くなる。

ここにパメラがいれば「姫様、抑えて！」と小声で宥めてくれただろうが、サロンの中に入れたのはルフィナ一人だった。ドミニクもイズディハールも伴は連れていない。『腹を割って話したい』というドミニクの意向によるものだと分かっているが、今はそれがとても恨めしい。

「逃げるだなんて……私はただ、お邪魔になってはいけないと思って。ご自分の番をお待ちになることができないくらい、切羽詰まった用件があるのではないですか？」

ルフィナは扇を広げて口元を隠し、おっとりと尋ねた。

意訳すれば『礼儀知らずとは同席したくないと言ってるの。人の予定に割り込んでくるなんて、どういう神経してるわけ？』になる。

「特にないよ。せっかくの機会だ、ルフィナ姫とも親交を深めたいだけ」

イズディハールの声と口調は、すっかり男性のものに戻っている。

それがミステリアスな女装姿と何故か調和しているのだから、美形は得だ。

ルフィナは助けを求めて、ドミニクを見た。

ドミニクは「とりあえず、二人とも掛けてくれ」とソファーを指し示す。

ホスト側にそう言われてしまえば、座らないわけにはいかない。

ルフィナは渋々ソファーに腰を下ろした。

向かい側にドミニク、そして隣にカミーラに扮したイズディハールが座る。

ドミニクが応接テーブルに置かれた呼び鈴を鳴らすと、すぐにお茶が運ばれてきた。

給仕メイドたちは、手際よく茶器をセットすると速やかにサロンを出て行ってしまう。

三人きりになった部屋に、沈黙が広がった。

「――一昨日は大丈夫だったか？」

沈黙を破ったのは、ドミニクだ。彼の視線はルフィナに向けられている。

一瞬、何を問われたのか分からなかったが、ドミニクから「薔薇園にいただろう？」と続けて確認され、頬が熱くなる。

一昨日の盗み見は、やはり彼にも気取られていたらしい。

(あの視線は、気のせいじゃなかったんだわ……！)

ルフィナは今すぐサロンを飛び出したくなった。

「申し訳ありません」

羞恥のあまり、声が小さくなる。身を縮めたルフィナに、ドミニクは首を振った。

「謝ることはない。あなたが前庭にいることには気づいていたのだが、待ち合わせの時間に遅れそうだったので、ついそのままにしてしまった。気になるのも当然だ」

ドミニクはそう言うと、「野ウサギのようで愛らしかった」と付け加える。

邪気のない顔をしているところを見ると、彼的には褒め言葉なのだろう。

（野ウサギ……お姉様なら絶対に言われない言葉よね）

ずーん、と落ち込んだルフィナに、イズディが追い打ちをかける。

「野ウサギは茶色いから違うだろ。それを言うなら、白ウサギじゃない？　それも、生まれてからずっと室内飼いされている箱入りの」

「まあ……」

今度は「は？」と言わずに済んだ。

ルフィナは微かに眉根を寄せ、イズディのたとえに不快感を示す。

だが男二人は気づいた様子もなく「確かに。艶々の毛並みの子だな」「そうそう、それ」などと盛り上がっている。

（うう……『そんなわけないでしょ！』って突っ込みたい～。こんな時はどう言うのが正解なの、助けてお姉様！）

サンティスにいるアドリアを恋しく思いながら、懸命に溜息を押し殺す。

ドミニクは押し黙ったルフィナを気遣うように、優しい笑みを向けた。

「私が去った後、二人で話をしたらしいじゃないか。カミーラ王女の正体を知った時は、さぞ驚いたことだろう」

「それは、もちろん。今も戸惑っておりますわ」

ルフィナはここぞとばかりに主張した。

自分の隣に座っているのは、間違いなくイズディハールだ。だが表向きにはカミーラ本人ということになっている。

「これに気を遣うことはないぞ。どう接すればいいのか、さっぱり分からない。勝手に押し掛けてきた上に、好き勝手に振舞っているんだから。本物のカミーラ王女には、私もまだ会ったことがない」

ドミニクは、ここにいるのはカミーラではない、と明言した。楽しげなその表情は、彼がこの状況を面白がっていることを伝えてくる。

ドミニクは、イズディハールの女装を許した上で、同席を認めている。

その上で『気を遣うことはない』と言ったのだから、ルフィナも諦めて今の状況を受け入れるしかない。

「さっきから聞いてれば、これ、これ、って酷いな」

それまで黙っていたイズディハールが、笑みを含んだ声で抗議する。

「名前を呼ぶわけにもいかんだろう。お前は今、シュレンドルフにはいないことになってるんだから。それとも、『カミーラ姫』と呼ばれたいか？」

「人前ではそう呼んでもらわないと困るけど、今は勘弁して」

イズディハールの返答に、ドミニクは声を立てて笑った。

それから二人は、狩猟の話題へと移った。先ほどのウサギから連想したのではないと信じたい。

和気《わき》藹々《あいあい》と話す彼らは、すっかり打ち解けた様子だ。

男同士の語らいといった雰囲気に、ルフィナは瞳を瞬かせた。

(ドミニク様はイズディハール様が妹王女の名を騙ることを許した、ということよね？

これからは私も、カミーラ様をイズディハール様として扱っていいのかしら)

「サンティスでは、どんな狩りが流行《はや》っているのかな？」

ドミニクはルフィナにも話を振ってくれるが、そもそも狩りになど行ったことがないので分からない。

父と兄が狩りに興じているという話も聞いたことがなかった。

「王宮の外には出たことがなくて……」

当たり障りのない返答をしたつもりが、イズディハールは目を丸くする。

「そうなのか？　じゃあプライベートな時間は、一体何をして過ごすんだ？」

「部屋で読書をしたり、刺繍をしたりでしょうか」

乗馬の訓練をしたり、剣を振り回したりしていることは流石に伏せる。

「たまにはいいだろうけど、ずっとそれじゃ息が詰まらないか？」

イズディハールの声に非難めいた色はない。単純に疑問に思って尋ねているのが分かる。

（詰まるわよ。私だって気ままに外を出歩いてみたいわ）

ルフィナは心の中で返事をし、実際は微かに首を振るに留めた。

ドミニクは年の離れた妹を見るかのような眼差しで、ルフィナを見ている。

予定の時間は、あっという間に過ぎた。

三人の会話は、意外なほど弾んだのだ。

ルフィナは主に聞き役だったが、シュレンドルフやタバールの話は純粋に興味深かった。

シュレンドルフでは質実剛健の精神が尊《たっと》ばれるらしく、たとえば着るもの一つとっても実用性や機能性が重視されるそうだ。

言われてみれば、大きな王城に部屋を飾る為の調度品は殆どない。

貴賓館は外国の賓客をもてなす為に建てたものなので、サンティスの建築物や内装を参考にしたと聞いて驚いた。

「土曜日は王都を軽く案内する予定なのだが、芸術の粋《すい》を集めたサンティスの姫から見れば、さぞ武骨なことだろうな」

ドミニクが恥ずかしそうに言う。ルフィナはふるふる、と首を振った。

「そんなこと……。価値観や文化は国によって異なるもの。優劣をつけるものではありませんわ」

「サンティス文化が至高だとは言わないんだな」

イズディハールがからかいを帯びた口調で尋ねる。

父なら「もちろんそれは大前提だ」と言いそうだが、ルフィナの考えは違った。

質実剛健、大いに結構ではないか。

鮮やかな色彩と緻密なアラベスクが織りなすタバールの芸術品にも、うっとりする。

だがサンティス国王の代理として来ている身で、本音は口にできない。

「優雅で佳麗な美しさを好む方には、至高かと」

思案した結果、無難な答えを選んだ。

イズディハールの瞳が柔らかくなったところを見ると、気に入らない回答ではなかったのだろう。それが何故か、とても嬉しい。

ドミニクも「ルフィナ姫にそう言って貰えると、気負わずに済む」と明るく笑った。

ドミニクの侍従が扉の向こうから遠慮がちに声をかけるまで、話題は尽きず、和やかな時間が過ぎていった。

「そろそろ時間らしいな。部屋まで送ろう」

ドミニクはルフィナを立たせると、礼儀正しく左手を差し出した。

ルフィナは彼の手に軽く右手を乗せ、すっと立ち上がる。この時、あくまで相手に負担を掛けないのが優雅に見せるポイントだ。

そのまま歩き出そうとしたところで、思いがけない声が上がった。

「私のことは、送ってくれないのですか？」

女言葉で発言したのは、イズディハールだ。

ルフィナとドミニクは、全く同じタイミングで彼を見る。

（あなたは、男でしょうが！）

喉元まで出かかった台詞を何とか飲み込む。

「お前にエスコートは不要だろう」

ドミニクは実際に声に出した。

「俺はね？　でもカミーラは違う」

今はカミーラとして来ている、というのがイズディハールの主張らしい。自分だけ送って貰えなかったら、タバールの面目が潰れると言いたいのだろう。

ルフィナにしてもそれは同じなのだが、ドミニクを困らせるのは本意ではない。

ここは引いて、ドミニクに好印象を与えておこう、と計算する。

「では、私は結構です。パメラを呼んでいただけませんか？　彼女と帰りますわ」

一旦、貴賓館へ戻った侍女の名前を挙げたルフィナに、ドミニクは眉根を寄せた。

「そういうわけには……ただでさえ、今日の約束を違《たが》えてしまっているのに」

「それは殿下のせいではありませんもの」

ドミニクと見つめ合い、とびきりの笑みを拵える。

ルフィナにしてはなかなか良い雰囲気が作れたのではないかと自画自賛していると、隣から伸びてきた手に腕を引かれた。

イズディハールに引っ張られたのだ。そのせいで、ドミニクとの距離が開く。

「近過ぎ。他の時は上手く猫かぶれてるのに、媚びる演技は下手だね」

「な……っ！」

あまりの言い様に、ルフィナはイズディハールを睨みつけた。

だが何故か彼も不機嫌そうな顔でこちらを見下ろしてくる。

思わず怯《ひる》みそうになったルフィナだが、やられっぱなしは性に合わない。

顎をツンと反らせ、挑発的な笑みを浮かべた。

「何でもご自分の基準にあてはめるのは、止めた方がよろしいのでは？」

「どういう意味？」

「私は、誰にも媚びたりしないという意味ですわ。あなたは違うようですけれど」

「はあ？　媚びてただろ。甘ったるい顔してさ」

「してません！」

睨み合う二人の間に、見えない火花が飛び散る。

「……くっ……あはは」

張り詰めた空気を破ったのは、ドミニクの笑い声だった。

彼は破顔し、声を立てて笑っている。

二人同時に、突然笑い始めたドミニクを見つめる。急にどうしたのだろう――今度はルフィナとイズディハールの気持ちが一つになる番だった。

「いや、すまない……くくっ……絵面だけ見れば私を巡る王女同士の戦いだと思ったら、どうにも止まらなくなって」

ドミニクの弁明に、ルフィナは確かに、と納得した。

先ほどの言い合いは、イズディハールの言葉遣いに目を瞑れば、キャットファイトに聞こえなくもない。

「実際は、真逆なのもまたおかしくてな」

「真逆、ですか?」

ルフィナは首を傾げた。性別の話にしては、言葉選びが合わない気がする。

「ああ。どちらかといえば、取り合われているのは――」

答えようとしたドミニクを遮ったのは、イズディだった。

「そろそろ行かないと、時間的にまずいんじゃない?」

ドミニクはようやく笑い収め、意味深な眼差しでイズディを見た。

イズディは素知らぬ顔をしているが、ほんのり耳が赤くなっている。

(なにこれ、一体どういう状況?)

ルフィナの脳内に、男同士の恋愛、という文字が浮かぶ。

思わずイズディをじっと見つめると、彼は手を上げてルフィナの視線を遮った。

ルフィナが首を傾けると、それに合わせてイズディハールも手をずらす。彼はどうしても今、顔を見られたくないらしい。

ドミニクは、はあ、と嘆息した。

「せっかく楽しくなりそうなのに、見届けられないとは……」

「ドミニク」

「はいはい、分かった」

いつの間に仲良くなったのか、二人は気安い態度で会話を続ける。昨日はカミーラと歓談する番だったから、もしかしたらその時に親交を深めたのかもしれない。

(私の時は邪魔している癖に……)

こっそり歯噛みしたルフィナは、ハッとした。

イズディハールのやり方は、自分がアドリアに提案した『ライバル王女を邪魔する方法』そのままではないか。

次はドレスを破られるかもしれない、と警戒を高める。

「では、順番に送っていくことにしよう」

ドミニクはそう言って、最初に会った時のように両腕を軽く曲げた。

イズディハールが右、ルフィナが左の腕に手をかける。

「俺のとこを先にして。こんな時でもないとガードが堅くて会わせられない」

サロンを出てすぐ、イズディは小声でドミニクに頼んだ。

「私もいつか会えるといいのだが」

ドミニクは頷き、茶目っ気を含んだ声で言う。

「あいつも色々複雑で……許してやって。なるだけ早くひっぱり出すから」

イズディハールの返事に、ドミニクは「冗談だ。急いでない」と答えた。

目前で繰り広げられる意味不明な会話に、ルフィナは一人、遠い目になった。

カミーラの部屋は、貴賓館の南翼の二階にあった。

ドミニクが客室の扉をノックすると、すぐに開く。中から現れたのは、サディクだ。

彼はルフィナの姿を見ても眉一つ動かさず、黙って一礼する。

イズディハールはドミニクから手を離すと長身を屈め、ルフィナに右手を差し出した。

あまりに自然な所作に、ルフィナはいつもの癖でついその手を取ってしまう。

必然、エスコート役はドミニクからイズディハールへと移った。

「では、また。私の代わりに、しっかり送り届けてくれ。遅くならないうちにな」

「もちろん。今日は無理を言ってすまなかった」

「その謝罪は、ルフィナ王女に」

ドミニクはルフィナにも「土曜日を楽しみにしている」と声をかけ、踵《きびす》を返した。

(……ん？　んん!?)

何故彼が自分を置いて去っていくのか、意味が分からない。

戸惑うルフィナの手を軽く引き、イズディハールは客室へ入っていく。

状況を把握できないまま、ルフィナも共に中へ進んだ。

広い居間に招き入れられたところで、ようやくイズディに嵌められたらしいと分かる。

昨日の一件を思い出したのだ。

あの時はすげなく断ったルフィナだが、結局はこうしてタバール側の客室に連れてこられている。

ルフィナはいまだ取られたままの手を勢いよく振り払い、隣に立つ青年を睨み上げた。

「一体これは、どういうつもりですか？」

「どういう、って、薔薇園での話の続き？　あの時は逃げられたから、改めてこっちの事情を話そうと思って」

「そういうことでしたら、結構です」

きっぱり拒否して踵を返そうとするが、イズディハールが動く方が早かった。すぐ前に立たれてしまい、退路を断たれる。

彼はスカーフと口元の覆い布を外し、背後に控えたサディクに渡した。

『カミーラ』から『イズディハール』へと戻った青年は、瞳を煌めかせてルフィナを見下ろす。その表情は、お気に入りの玩具を見つけた子どものようだ。

「じゃあ、うちの事情は話さない。せっかく来たんだ、ルフィナの話を聞かせてよ。どうしていつも、胡散臭《うさんくさ》い演技してるの？」

「は？　胡散臭いって、どこ見て言ってるの？　立ち居振る舞いから受け答えまで、全部完璧でしょうが！」

アドリアの模倣をしているのだから、完璧でないはずがない。

姉のことまで悪く言われた気分になったルフィナは、声を荒らげて言い返した。

琥珀色の瞳が、にんまりとカーブを描く。

彼の後ろにいるサディクは、目を丸くしてこちらを凝視していた。

やってしまった、と顔をしかめたルフィナを見て、イズディハールは噴き出す。

「ははっ、やっぱりそっちが素なんだな」

無邪気な笑みのせいで、涼やかな顔立ちが一気に甘くなった。

笑われて腹は立つものの、嫌悪感が湧かないのは、イズディに悪気がないことが分かるからだろう。

「そうよ、こっちが素。サンティスの王女らしくなくて悪かったわね」

開き直ったルフィナは、ふくれっ面で答えた。

「悪いなんて、一言も言ってないけど」

イズディハールが不思議そうに首を傾げる。

そうかもしれない。悪いと思っているのは、ルフィナだけかもしれないが、出会ったばかりの礼儀知らずな余所者に、あれこれ揶揄《やゆ》されたくない。

「私の事情は分かったでしょう？　もういい？」

「うーん。よくはない」

「どうして？」

「俺がカミーラの代役を務めてることを知られた以上、そのまま放ってはおけない」

痛いところを突かれて、ルフィナは、う、と怯んだ。

タバール側が秘密にしていた入れ替わりを、『覗き見』というあまり褒められたものではない行為で暴いたのは、確かにルフィナだ。

「あれは……その、悪かったわ。タバール側の弱みを握れたらいいなと思ったこともあったけど、今はそんな風には思ってないし、見たことは誰にも言わないから」

根が素直なルフィナは、問われていないことまで全部話してしまう。

イズディハールはまたもや、噴き出した。

くつくつ笑いながら、茶目っ気たっぷりの眼差しでルフィナを覗き込んでくる。

「へえ。弱みを握りたいとか考えてたんだ。それって、ドミニクを巡るライバルだから？そこまで野心のあるタイプには見えないのに、女は怖いね」

本気の糾弾ではないことは、彼の態度から明らかだ。

からかわれているだけだと分かっても、ルフィナが好きでカミーラを陥れようとしていたと思われるのは嫌だった。そこまで下卑た人間じゃない、と弁明したくなる。

「仕方ないじゃない。それが王命なんだもの」

だが、実際に理由を口にした瞬間、ルフィナは後悔した。

父王に命じられてやって来たのは事実だが、命令を承諾した時から、全責任はルフィナにある。随分と子どもじみた言い訳をしてしまった、と羞恥に頬が染まった。

「ごめんなさい、今の言葉は聞かなかったことにして。単にカミーラ様が邪魔で、私が勝手に計画を立てたの」

ルフィナは早口で説明した。

「他の候補者たちはみんな辞退したわ。あとはカミーラ様だけ。彼女さえいなくなれば、私がドミニク様の妃になれる。ドミニク様だって、サンティスの王女を娶ることができるんですもの、悪い話じゃないでしょ」

言っているうちに情けなくなってきたが、それが今回ルフィナに課せられた使命だ。

一方的に話すルフィナをじっと見つめていたイズディハールは、はあ、と溜息をついた。

「……本当にそう思ってるなら、どうして泣きそうになるんだよ」

静かな声で問う彼を、直視できない。

ルフィナはイズディハールから目を逸らし、「あなたの気のせいよ」と言い張った。

「まあ、いいや。大体、分かったし」

彼はそう言うと、先ほどより優しい声で続ける。

「国同士の話はおいといて、少なくとも俺はルフィナの敵じゃない」

「……そんなの分からないじゃない」

どこまでイズディハールを信用していいのか、ルフィナには本当に分からない。

世間知らずだという自覚はある。現に今も彼に騙され、ここまで来ている。

「分かってもらう為に、俺は話したい。——そこにいるんだろう？　カミーラ。入って来いよ」

イズディハールは後半の台詞を、左の部屋に向けて言った。

開きっぱなしの扉の向こうから、おずおずと一人の女性が姿を現す。

「ごめんなさい、出るタイミングを見失ってしまって」

申し訳なさそうに詫びる女性の正体は、すぐに分かった。

双子というだけあってイズディハールによく似ている。

アーモンド型の琥珀色の瞳に、背中にかけて滝のように流れる長い黒髪。

背はすらりと高く、兄王子と頭一つ分も変わらないように見える。

イズディハールが身代わりを務められるはずだ、とルフィナは納得した。

鼻梁や口元には、女性らしい柔らかさがあるが、布で隠してしまえば分からない。

「はじめまして、ルフィナ様。私がカミーラ・アンワール。タバールの王女です」

カミーラはそう言って、丁寧に膝を折った。

ルフィナも態度を改め、サンティスの王女らしく名乗る。

「はじめまして、カミーラ様。サンティスのルフィナと申します。ようやくお会いできて光栄ですわ」

ルフィナは本心からそう言ったのだが、カミーラの頬はサッと赤くなった。

「私が我儘《わがまま》を言ったせいで、ルフィナ様にも大変不快な思いをさせてしまいました。今更ではありますが、後悔しています。本当に申し訳ありません」

カミーラは断罪を待つ罪人のような面持ちで、深々と頭を下げる。

これにはルフィナも慌てた。

「そんな……！　私の方こそ、嫌味に聞こえてしまったのなら、ごめんなさい」

「いいえ、ルフィナ様のお怒りは当然ですわ」

琥珀色の瞳が、辛そうに歪む。カミーラは心底反省している様子だった。

ルフィナの胸に、むくむくと庇護欲が湧いてくる。

自分より年上かつ背も高いカミーラだが、彼女にはどこか脆い雰囲気があった。

周囲の者に、守ってあげなければ！　と思わせる類のものだ。

「本当に怒ってなんていないんです。身代わりを立てるなんて、よっぽどの事情があったのだと思いますし、私はその……」

カミーラは捨てられた子犬のような様相で、ルフィナの言葉の続きを待っている。

（ああ、もう……！　こんな風に見られたら、嘘なんてつけないわ！）

「同年代の友人が、一人しかいなくて。今回、他国の王女様と知り合えるのを楽しみにしていたのです。あわよくば、お友達を作れたらいいな、って。だから、カミーラ様とこうして会えて嬉しいです」

思い切って本音を吐露し、カミーラの反応を窺う。

引かれるかもしれない、という予想は良い方向で裏切られた。

「まあ……！　なんてお優しいんでしょう。そんな風に言ってもらえるなんて、思ってもみませんでした！」

カミーラは興奮した様子でこちらに近づき、ルフィナの両手を取る。

「お兄様には、ルフィナ様なら会っても大丈夫だと言われましたが、実際こうしてお会いするまでは心配で……」

カミーラは一旦そこで瞳を伏せ、それから悔しげに唇を歪めた。

「お父様や五家のおじ様たちの言うことなんて、信じるんじゃなかった。サンティスの王女様は、それはそれは気位が高くて、私の一挙手一投足を採点するだろう、なんて言ってたんですよ？　受け答えにも教養が求められるのだから、サンティスの王女に馬鹿にされても気づかないようなお前は、向こうでは一言も口を利くな、とまで言われて……」

「まあ……」

しっかりと両手を握られたルフィナは思った。

カミーラは自分の同類だ、と。

言わなくてもいいことまで明け透けに話してしまうところは、特によく似ている。

違うのは、本人が気づいていないこと。

カミーラの背後で、イズディハールとサディクは揃って額を押さえている。

「さすがに、そこまで酷くはなかっただろう？」

「意味は同じだったわ！　お兄様だってその場にいた癖に！」

カミーラはイズディを振り返り、キッと睨みつけた。

なまじ美人なものだから、迫力が半端ない。

カミーラはルフィナに向き直ると、訴えるような表情で説明を再開する。

「大勢の王女の中に混じって、ドミニク王子の品定めを受けるなんて、私には無理だと思ったのです。でもお父様は、絶対にサンティスの王女には負けるな、の一点張りで……。何とか気力を奮い立たせて出立したまではよかったのですが、こちらに到着した日に体調を崩してしまいました」

父である国王に無茶振りされたところまで、ルフィナと同じだったとは——。

連帯感と同情を抱かずにいられない。

「それは大変でしたね。もう、大丈夫なのですか?」

精神的なストレスと長旅による疲労で、寝込んでしまったのだろう。風邪一つ引いたことのないルフィナは無事だったが、繊細な女性なら体調に出てもおかしくない。

「ルフィナ様……やっぱりお優しい」

カミーラはうっとりと呟き、にこりと笑った。

「もう大丈夫です。兄が最初の顔合わせとドミニク様への対応を済ませてくれたので、少し気が楽になりました」

カミーラはそう言って、ルフィナの返答を待つ。

「……よいお兄様ですね」

ルフィナはそう答えるしかなかった。心にもないことを言ったせいで、口が痒い。

ところがカミーラは眉根を寄せて、首を振った。

「それが、そうでもないんです。本人は『出立する日まで泣き暮れていた妹を心配して、お忍びで同行した』ということにしてますけど、本当は面白そうだからついてきただけなんです。私の為を想うというのなら、お父様に命じられた時に、反対してくれるはずだと思いませんか？」

ルフィナは今度こそ、心から同意した。

「私もそう思いますわ」

「ですよね。ルフィナ様なら分かって下さると思いました！」

無邪気に喜ぶカミーラに、ルフィナは好意を抱かずにいられなかった。

イズディハールに苦労しているところなど、特に共感できる。

たった二回会っただけのルフィナが、これほど振り回されているのだ。実の妹であるカミーラの苦労は計り知れない。

「まあ、私ったら……。ルフィナ様を立たせたままにしておくなんて！　ドミニク様のサロンでお菓子は召し上がりました？」

カミーラはルフィナの手を引き、応接ソファーへと座らせた。

彼女もすぐ隣に腰掛け、にこやかな顔で尋ねてくる。

「はい、お腹はいっぱいです」

「では、お夕食の前ですし、飲み物だけにしておきましょう。すっきりした飲み口のお茶はいかがですか？　国からとってきのジャスミンティーの茶葉を持ってきたんです」

「素敵ですね。お手間じゃなければ、是非頂きたいわ」

ルフィナは気づけば、すっかりリラックスしていた。

人懐っこく明るいカミーラとは、とても波長が合うらしい。

やがて運ばれてきたお茶をゆったりと楽しみながら、カミーラと二人で『王女あるある話』で盛り上がっていると、離れた場所から咳払いの声が聞こえる。

カミーラは茶器をテーブルに置き、聞こえよがしな溜息をついた。

「……喉が痛いのなら別の部屋へ行ってよ、お兄様。ルフィナ様にうつったら、どうするおつもりなの？」

「俺の存在を忘れてないんなら、席につくよう勧めたらどうなんだ」

少し離れた場所に立ったままのイズディハールが、呆れた口調で答える。

彼がいることにはルフィナももちろん気づいていたが、あえて無視していた。

こちらから誘う義理はない、と静観を決め込んでいたのだ。

「いつもなら勝手に座る癖に、どういう風の吹き回し？」

カミーラの問いに、イズディハールはルフィナを見遣った。

それから、意地悪な笑みを浮かべる。

「許可して貰う前に座るのはマナー違反だと、誰かさんに叱られたら困るだろ？」

「それで叱るんだったら、無理やりここまで連れて来られた時に、棒で殴っていないとおかしいわね」

ルフィナは澄ました顔で見解を述べる。カミーラもルフィナに同調した。

「そういうことなら、すぐに棒を探してこなきゃ。サディクの剣でもいいかしら」

「お前は自分の兄の味方をしろ！」

すかさず突っ込んだイズディハールに、ルフィナはつい笑ってしまった。

ころころと笑うルフィナに、二人もつられて笑い出す。

和やかなムードに満ちた部屋で、全く表情を変えていないのはサディク一人だ。

「――恐れながら、殿下。何かお話があるのではなかったのですか？」

ひんやりしたサディクの声に、イズディハールは「そうだった」と笑い収める。

彼はカミーラとルフィナの向かい側に腰を下ろし、サディクを手招きした。

「お前もこっちに来いよ」

「私はここで結構です」

サディクは首を振ると、冷たい眼差しをルフィナに向けて言った。

「私まで、サンティスの王女に懐柔されるわけにはいきませんから」

「なんてことを言うの！」

怒って立ち上がろうとするカミーラの腕を、ルフィナはそっと押さえた。

それから、サディクを見つめ返す。

「私の姉とイズディハール様の縁談の件で、怒っているのね？」

ルフィナの確認に、サディクはその通りだと頷いた。

「そのことだけど、お姉様が断った縁談の数は、十を下らないわ。タバールだけを断ったわけではないのに、それをいつまでも根に持つのはどうかしら」

ルフィナは試しにそう言ってみた。両国の認識の違いがどこにあるのか、確かめたかったのだ。サディクは眉根を寄せ、「そうではありません」と答える。

「タバールでは、たとえ最初から受けないと決まっていても、実際に会ってから断るのが礼儀です。会わずに断るのは『会う価値すらない』という最大級の侮蔑を意味します」

「ええっ⁉」

これには、ルフィナも驚いた。

タバールに限らず、諸外国の文化や慣習については色々と学んできただけに、初めて聞く話に衝撃を受ける。

「そうだったのね。やっと腑に落ちたわ」

ルフィナは肩を落とし、説明を続けた。

「もしそのことをうちが知っていたら、イズディハール様をお招きしたことでしょう。もともと父は、そうしようと思っていたみたいなの。イズディハール様を歓待して、これはいけると期待をもたせた後で断ろうと……。でもそんなことをしたらタバールを怒らせてしまうと重臣たちが反対して、あの形に落ち着いたのよ」

「悪質な企みに目を瞑れば、国王様の案の方がずっとマシですね」

サディクのすげない返答に、ルフィナは肩を落とした。

「でも、結局は断ってしまうのよ？　わざわざ足を運んでもらって、貴重な時間を使ってもらうのに……」

ルフィナの弁明に、イズディハールは「なるほどな」と頷いた。

「サンティスはそっちを気にするわけだ。それなら俺も、納得できる」

彼はルフィナの主張を認めた上で、率直な意見を述べた。

「だが、本当にうちでは違うんだ。実際に会った後で断られるのは、本人同士の相性の問題で、まあ、要は『アドリア姫を落とせなかった俺が悪い』ということになる。だが、会う前に断られるのは、さっきサディクが言ったような意味を持つ。事実はどうあれ、タバールと俺は、サンティスに堂々と虚仮《こけ》にされたというわけだ」

ルフィナの背中を冷たい汗が伝う。

よく大事にならなかったものだ。

この事実をサンティスの議会が知れば、大騒ぎになるだろう。蒼褪《あおざ》めるオルランディ侯爵の姿が脳裏に浮かび、気の毒になる。

「私が非公式な場で詫びても何もならないと分かっているけれど、これには謝罪せずにはいられないわ」

そんなつもりはなかった。本当に申し訳ない、と頭を深く下げる。

「お顔をあげて下さい、ルフィナ様。お父様たちがサンティスの考えについて不勉強だったせいでもありますわ」

懸命に慰めようとするカミーラを、サディクは視線で咎めた。

「それは、あちらにも言えること。それに、『歓待した後で断るつもりだった』とは、どういうことでしょう。サンティス側には、縁談前からこちらへ含むものがあったということですか？」

サディクが疑問に思うのももっともだ。

ルフィナは、ずきずきと痛み始めたこめかみを指で強く押した。

「そのことについても、理由があるわ。……先に言っておきたいのだけど、お父様以外は誰もそこまで思っていないの。本当に、お父様個人の問題なのよ」

ルフィナの前置きに、イズディハールは分かった、と頷いた。

事情が事情なだけに心底話したくないが、ここまできたら打ち明けるしかない。

「お父様は、子供の頃から伯母様――お父様のお姉様のことが大好きなの」

「は……？」

突然始まったサンティス国王の話に、サディクが戸惑いを見せる。

カミーラとイズディハールも、怪訝そうな表情を浮かべた。

彼らの反応はもっともだが、ここから始めなければ説明できない。

ベルティーナの最初の縁談が失敗に終わった話をしてから、「伯母様は、泣いて帰ってきたのですって」と付け加える。

イズディハールは、「それって、泣いて戻ってきた大切な姉の姿を見て、サンティス国王が怒った、という話で合ってる？」と確認してきた。

「合っているわ。怒った、なんて生易しいものじゃないけど、そういうこと」

サディクは納得がいかない顔で、首を振る。

「そのお話とタバールに何の関係が――……」

彼はそこまで言いかけ、あ、と瞳を瞬かせた。

「もしかして、サンティス国王は、自分の姉が選ばれなかったのは、ラシーダ王太后様のせいだと思っているのですか？」

「その通りよ。父は『タバール人には、人を見る目がない』と言って、今でもすごく根に持っているわ。もちろん、伯母様を袖にした今のシュレンドルフ国王のことも嫌っているのだけど、歴史あるサンティス神聖国の体面を、新興国であるタバールに傷つけられた、と思い込んでいる節もあるの。だから、父がより嫌っているのはタバールの方」

ルフィナの説明に、イズディハールは両眉を上げた。

「タバールはうちの父で五代目だよ。それで新興国？」

「サンティスは、建国して千八百年以上経つから」

「それなら確かに、うちは新興国だ。うちだけじゃなく、殆どの国がそうだな」

「そうなのよね……」

ルフィナはイズディハールと顔を見合わせ、力なく笑った。

カミーラも「そんな経緯があったのね……」と呟く。

収まらないのはサディクだ。

「なんですか、それは。逆恨みも甚だしい。シュレンドルフの現王妃とタバールには、何の関係もありません。ラシーダ様は、本人同士の相性を見て決められたのでしょう」

ルフィナも全く彼と同じ意見だ。

だが人の感じ方はそれぞれで、理屈で断罪しきれるものでもない。

「私もそう思うけれど、お父様には通じないわ。伯母様が泣いて帰ってきた時点で、父の絶対に許さないリストにタバールは入ってしまったのよ」

イズディハールは、やれやれというように首を振った。

「うちも同じ感じだから、分かるよ。実はこうだった、と後から説明しても、状況は変わらないだろう。アドリア王女に会わせて貰えなかった時点で、父と五家の重鎮たちはサンティスを敵だとみなしてしまった」

彼の返答に、ルフィナは心の底から落胆した。

せっかく仲良くなれそうなカミーラと敵同士だという現実が、酷く悲しかったのだ。

しょんぼり俯いたルフィナの手を、カミーラがそっと握る。

「私は、敵だなんて思えません。どうかこのことで、私を嫌わないでください」

琥珀色の瞳には心からの懇願が宿っている。

ルフィナは力強くカミーラの手を握り返した。

「それは私の台詞です。父には、タバール王女とドミニク様の仲を全力で邪魔してこいと言われていますが、カミーラ様のお人柄を知った今となっては、とてもできないわ」

「そのお話なのですが……」

カミーラは喜びと困惑が入り混じった複雑な表情を浮かべた。

「私も父に同じことを命じられた身ではあるのですが、実はドミニク様とは結婚したくないのです」

「そうなのですか?」

意外な言葉に、ルフィナは目を丸くする。

カミーラはこくりと頷いたものの、それ以上は口を噤んでしまう。イズディハールを見遣ると、彼は「ほんとは昨日も、その話がしたかったんだ」と言った。

「カミーラは、今回の話に乗り気じゃない。ルフィナ姫がドミニクを落としたいと思っているのなら、両者の利害は一致してる。変に牽制し合うんじゃなくて、互いに協力した方が話は早いだろ?」

確かに悪い話ではない。ルフィナは労せずして当初の目的を果たせるし、カミーラは意に染まない結婚を避けられる。

身代わりの事実を知った時点で、もしかしたら、こうなるのではないか、とルフィナは予想した。その時も感じたやるせなさが、再び襲ってくる。

「……お兄様は、本当にそれでいいの?」

遠慮がちに尋ねたのは、カミーラだ。

イズディハールは何とも言えない顔で「とりあえずは、その方向で動くしかないだろ」と答える。あっさりとしたその口調に、ルフィナの胸はまた痛くなった。

サディクはといえば、顔をしかめて不服をあらわにしている。

「まさかそんな話になるとは……。イズディハール様がサンティスの王女に味方したと知ったら、陛下はさぞお怒りになるでしょうね」

カミーラは瞳を怒らせ、首を振った。

「お兄様は関係ない。私が嫌なの。お父様は、色んな事情を抜きにしても、ドミニク様に嫁ぐのが一番の幸せだ、なんて言うけど、私は好きでもない人と結婚して、幸せになれるとは思えない」

サディクは困ったように、カミーラを見つめた。

「陛下は間違っておられません。どうかお聞き分け下さい」

「子どもを宥めるみたいな言い方はやめて」

サディクを涙目で睨むカミーラは、とても悔しそうだ。好きでもない人と結婚したくない、と素直に言える彼女が、ルフィナは羨ましくなった。

タバール国王の方も、国益を見込んでというよりは、ドミニクの人となりを認めて娘を嫁がせたがっているように聞こえる。

「御父上のご意向は、私の縁談を阻止することと、ドミニク様自身の素質を見込んでのことであって、国の利益を求めるものではないのね？」

ルフィナの確認に、カミーラはこくりと頷いた。

「ええ。シュレンドルフにはもう大叔母様が嫁いでいるし、二国の関係は良好だもの。私が敢えて嫁ぐ必要はないはずよ」

カミーラはそこまで言うと頬を染め、恥ずかしそうに付け加える。

「わ、私は、国内の地固めに力を入れた方がいいと思うの。昔は、王女を五家の当主に嫁がせることもあったと聞くわ」

妹の言葉を聞いたイズディハールは小さく笑み、カミーラではなくサディクに意味深な視線を向けた。

「それを決めるのは、姫様ではなく陛下です。殿下方におかれましては、陛下のご意向を第一になさるべきです」

サディクはイズディハールの視線には知らぬ振りで、そっけなく答えた。

それを聞いたカミーラが、小さく溜息を吐く。

それからゆるゆると顔を上げ、潤んだ瞳で恨めしそうにサディクを見つめた。

(五家の当主、って。もしかして、カミーラ様が好きなのは……)

色恋には疎いルフィナも、これにはピンとくる。

ちらりとイズディハールを見ると、彼は唇だけを動かし「あとで」と言った。


その日の夜。

ルフィナは寝室に入って一人きりになると、長い溜息を吐いた。

シュレンドルフへ来てから、まだ一週間も経っていない。

もう一カ月は滞在しているような気がするのは、あまりにも多くの情報を短期間で得たせいだろうか。とにかく毎日が、驚きの連続だ。

ルフィナは一日を振り返りながら、ベッドに潜り込んだ。

「……今度イズディ様に会ったら、カミーラ様のこと、詳しく教えてもらわなきゃ」

『あとで』——そう彼は言った。

ということは、またイズディハールに会えるということだ。

無意識のうちに、唇が笑みを形作る。

パメラがいれば「なぜ、そんなに嬉しそうなのですか?」と尋ねただろうが、ルフィナはカミーラの部屋へ行ったことを彼女に話していなかった。

あの後、イズディハールは男物の服に着替え、本館の二階までルフィナを送ってくれた。

『部屋の前まで送ってやれなくて、ごめん』

そう言って詫びた彼の残念そうな表情を思い出し、ルフィナはふ、と頬を緩めた。

ベッドに仰向けに倒れ込み、天井のシーリングライトの明かりを手で遮る。

指の間から漏れて見える光は琥珀色で、イズディハールの瞳の色によく似ている。

ふとした時に脳裏に浮かぶのは、何故かいつも彼の姿だ。

ドミニクであるべきなのに、どうしてもイズディハールの面影が心から消えてくれない。

「どうしてなの……?」

イズディハールがドミニクに勝っているところは、特にない。

容姿は二人とも優れているし、性格面ではドミニクに軍配が上がる。

「ドミニク様は紳士的だし、誠実だし、私をからかったりしないいし、強引に事を運んだりしない」

将来の伴侶になるかもしれない青年の美点を、一つずつ挙げてみる。

ドミニクは礼儀正しい笑顔で、「褒めて貰えて光栄だ」と言うだろう。

イズディハールは――……。

ルフィナは光に翳していた手をぎゅっと握り込み、閉じた瞼の上に当てた。

イズディハールは多分「へえ。ドミニクへの評価は随分高いんだな」と唇の端を曲げ、皮肉っぽく言うだろう。その表情がありありと浮かんでくる。

途端、ルフィナの胸は切なく締め付けられた。

「ちがう。ちがうわ」

ルフィナは首を振り、跳ね起きた。

さっさと寝ないから、こんな余分なことを考えるのだ。

明かりを消して、再びベッドに戻ろうとしたルフィナは、ぴた、と足を止めた。

寝室のバルコニーの扉に、何かぶつかる音がしたのだ。

耳を澄ませてみれば、確かにコツ、コツと小さな音が聞こえてくる。

バルコニーの傍には枝の茂った大木があった。

風で揺れた木の枝が当たっているのだろう、と一度は歩き始めたものの、やはりどうにも気になる。

ルフィナは掃き出し窓に近づき、カーテンを開けた。

辺りを警戒しながらバルコニーに出てみたが、扉に当たるほど伸びた枝は見当たらない。

代わりに視界に入ったのは、足元に落ちている胡桃だった。

「くるみ……？　リスでもいるのかしら」

何の気なしに大木に近づいたルフィナは、ふと下を見て、大きく目を見開いた。バルコニーの下で、こちらに手を振っているのは、あれは――。

暗闇の中、イズディハールの琥珀色の瞳が、彼の提げたランタンの光に照らされる。

ルフィナは心底驚いたが、ここで声をあげれば、すぐにパメラが飛んでくるだろう。

迷った挙句、おずおずと手を振り返した。

本当は「こんなところで何をしているの？」と聞きたかったのだが、身振りでそれを伝えられる自信はなかったのだ。

イズディハールはランタンの中の火を吹き消すと、地面に置いた。

一体何をするつもりかと見守るルフィナの前で、彼は傍にある大木に手をかけ、するすると登り始める。

二階の位置まで登った彼は、今度は枝の先へと移動を始めた。

どうやら、バルコニーまで来るつもりらしい。

ルフィナは信じられない気持ちで、枝に跨がった彼を見つめた。

成人男性一人が乗っているのだ、幾ら枝が太く見えても、じきに折れてしまう。

現に、イズディハールが跨いだ枝はゆらゆらと上下に揺れている。

「やめて、危ないわ」

抑えた声で注意するが、彼に止める気配はない。

ハラハラしているルフィナを見て、イズディハールはニヤリ、と笑った。枝を跨いでいた脚の片方を持ち上げると、両脚を揃え、そのまま下に飛び降りる。

二階といっても、かなりの高さがある。

思わず悲鳴をあげそうになったルフィナだが、イズディハールは落ちる瞬間、別の枝を両手で摑んだ。まるで軽業師だ。彼は腕の力だけで軽々と長身を浮かせ、振り子の勢いでバルコニーの中に飛び込んでくる。

着地に成功したイズディハールは、床に片膝をついたままルフィナを見上げた。

「こんばんは」

その場で固まったルフィナに、彼は怪訝そうな表情を浮かべ、立ち上がる。

「どうしたの、大丈夫？」

「……ょうぶなわけない」

「え？」

「大丈夫なわけないでしょ？　落ちたかと思ったわ！」

ルフィナの心臓は、彼が枝から飛び降りたあの瞬間、ひゅん、と縮み上がった。

今は止まった時間を取り戻すように、ばくばくと早鐘を打っている。

イズディハールは慌ててルフィナの口を手で塞ぎ、「ごめん」と謝った。

「そんなに驚かせるとは思わなかったんだ」

引き締まった腕の中にすっぽり囲われ、優しく宥められる。

ルフィナの心臓は、先ほどとは違う意味でドキドキし始めた。

「……もう、いいわ。落ち着いたから」

ルフィナが両手でそっと硬い胸を押すと、彼はすぐに離れた。

「それで？　一体何があったの？」

夜中、というほど遅い時間ではないが、わざわざ就寝前に忍んできたのだ。

何か重大な話があるのだろう、とルフィナは推測した。

ところがイズディハールは、にこ、と笑って、思ってもみない理由を挙げる。

「昼間話してた時、『あとで』って言ったろ？　だから来た」

「は？　なにそれ！　あんなの、日を改めてということだと思うでしょう？」

先ほど感じた驚きと衝撃がぶり返し、口調が荒くなる。

イズディハールは「しーっ」と言うと、ルフィナの頬を両手で包んだ。

「このまま騒ぐなら、キスで黙らせるけど、いい？」

魅惑的な眼差しで見つめられる。

「い、っ――」

いいわけない！　と叫びかけたルフィナだが、実際に彼が身を屈めたのを見て、慌てて口を噤んだ。

両手で唇を押さえたルフィナに、イズディハールはくすくす笑う。

「残念。もうちょっとだったのに」

完全にからかわれている。ルフィナは自由過ぎる彼に、呆れ返った。

自分の心がどこか浮き立っていることは、完全に無視する。

「こんなところ誰かに見つかったら、私たち、終わりよ。それは分かってるの？」

囁き声で警告するルフィナに、イズディハールは肩をすくめた。

「警備兵の巡回の時間は把握してる。大騒ぎしなきゃ見つからないし、仮に見つかったとしても、ルフィナがオルランディ卿にお小言を食らうだけだ」

その程度で済むと、本気で思っているのだろうか。

就寝前のルフィナが男と逢引していたとシュレンドルフ側に知られたら、縁談相手のドミニクはもちろん、父王の面目も丸潰れだ。ルフィナは即刻、サンティスに連れ戻され、しばらく蟄居《ちっきょ》しなくてはいけなくなるだろう。

だが、それはイズディハールも同じはず。

同盟国の王子の花嫁候補に、横からちょっかいを掛けたとみなされるのだ。ただで済むとは思えない。

ルフィナが小声でそう言うと、イズディハールは首を振る。

「それなら、心配いらない。俺は今、シュレンドルフには来ていないことになってるんだ。ルフィナと会えるわけがない。あと今の俺の恰好も、ちゃんと見てみて」

イズディはそう言って、自分の身体を指し示す。

言われてじっくり眺めたルフィナは、彼がやけに自信たっぷりな理由を理解した。

今夜のイズディハールは髪をきちんと梳かしつけ、フォルカーがよく着ているような上着とシャツ、細身のズボンという出で立ちをしている。

遠目に今の自分達を見た者がいたら、『ルフィナ姫が自国の男とバルコニーで話している』と思うだろう。

「そういうことね……」

溜息混じりに呟いたルフィナの前で、イズディは上着のポケットを探り始めた。

そこから薄い色付きの眼鏡を取り出し、琥珀色の瞳を隠してしまう。

「あとは目さえ隠せば、誰にも気づかれない。ここへも掛けてきたから、安心して」

「ずる賢いのね」

「お褒めに与り、光栄です、姫」

恭しく一礼してみせたイズディハールは、確かにサンティスの青年にしか見えない。

女装といい、色んな恰好をするのが好きなのだろう。

なんとも型破りな王子様に、ルフィナは頬を緩めた。

(本当に破天荒な人ね。でもそこが魅力でもあるのでしょう)

ふふ、と微笑むルフィナを、彼はじっと見つめる。

眼鏡のせいで、瞳の表情が読めない。

戸惑いを覚えたルフィナに、イズディハールは「それはそうと」と話を変えた。

「その格好、寒くない？　中に入ったら？」

ルフィナは、面食らった。

確かに夜風は冷たいが、室内で話すという選択肢はない。

「ここは、寝室のバルコニーよ？　知り合ったばかりの男性を寝室に招き入れるほど、考えなしに見える？」

「どうかな。充分無防備に見えるけど」

「今すぐ悲鳴をあげましょうか？」

「怒るなよ、冗談だって。そっちこそ、俺がその気のない女を襲うほど、困ってるように見える？」

「もう、口が減らないんだから！」

ルフィナは次の瞬間、手を伸ばしてイズディハールの頬を軽く抓っていた。

あまりに親しい仕草に誰より驚いたのは、ルフィナ自身だ。

あ、と唇を開き、慌てて手を引こうとしたが、イズディハールが動く方が早かった。

彼はルフィナの手を摑み、きゅ、と握り締める。

「中に入ったら、と言ったのは、もう一枚羽織ってきたら？　という意味だよ」

ルフィナの頰がみるみるうちに赤くなる。

自分が寝間着姿であることを改めて思い出したのだ。

寝間着と言っても、色気のあるものではない。首元は詰まっているし、長袖だし、足首まである厚手のナイトドレスだが、寝間着には違いない。プライベートな姿を人に見られたと思うと、恥ずかしくてたまらなくなる。

「分かった、ここで待っていて」

もう帰って、と言うこともできたのに、ルフィナは無自覚のうちに彼を引き留めていた。

踵を返すと、背中に視線を感じる。

ルフィナは振り返りたい衝動を堪え、物音を立てないよう気をつけながら寝室へ戻った。

ベッドの上に置いたガウンを羽織り、ついでにブランケットとクッションを二つ、手に取る。

欲を言えば着替えたかったが、ドレッシングルームへ行けば、パメラに会ってしまうかもしれない。せめて、と手櫛で髪を梳き、バルコニーへ戻った。

イズディハールは手すりにもたれ、ぼんやり星空を眺めている。

何ということはないその姿はやけに絵になっていて、ルフィナの胸は苦しくなった。

彼が視界に入る度、こうしてルフィナの気持ちは揺り動かされる。

それがどういう意味を持つのか、異性に免疫がないルフィナも、さすがに分からないわけがない。

(でも、認めるわけにはいかないわ。彼は、絶対に好きになってはいけない人よ)

自分を戒め、「ただいま」と声を掛ける。

イズディハールは振り返ると、ルフィナが手にした物を見て、微笑んだ。

「それ、いいね。座って話す方が人目につかない」

「そう思って持ってきたの。よかったら、どうぞ」

できるだけ綺麗な場所を探してブランケットを広げ、その上にクッションを並べる。

間をあけて置いたクッションは、イズディハールがぴったりくっつけた。

ルフィナはそれらを元の位置に戻そうとしたが、彼の手に阻まれる。

「やめて、ふざけないで」

「ふざけてない。俺にはガウンがないんだ。ルフィナの体温であたためてよ」

「な、なにを言って——」

真っ赤になったルフィナの手から、イズディハールはクッションを奪い取った。

「どうして赤くなるの？　世間知らずなルフィナの体温はきっと子どもみたいに高いよね、

という話だよ」

彼はしれっとした顔で言うと、悪戯っぽく微笑み、「もしかして、期待した?」と囁く。

「そんなわけないでしょう」

ルフィナはクッションを取り返そうと手を伸ばしたが、彼は大人げなくクッションを高く掲げ、背伸びしても届かないようにする。

「どっちが子どもっぽいのよ……。あなたは上着を着ているじゃない。寒くないはずよ」

「いや、それが意外と寒いんだって。身体を触って確かめてみる?」

「結構です!」

しばらく小声で言い合ったが、結局はルフィナが折れ、彼のすぐ隣に座った。

二人寄り添うように腰を下ろすと、ようやくイズディハールは、昼間の話の続きをし始める。彼が言うには、カミーラの片思いの相手は、やはりサディクらしい。

「今更だけど、私が知ってもいい話なの? カミーラ様が話していいと言ったわけじゃないなら、ここまでにしておくわ」

ルフィナの懸念を、イズディはあっさり取り払った。

「そう言うんじゃないかと思って、カミーラには許可を貰ってきたよ。妹も本当は自分で打ち明けたかったらしいけど、サディクがいる場所では言えなかったそうだ」

「それなら、よかった。確かに、好きな人の前で本人の話はできないわよね」

「サディクだって、カミーラとは長い付き合いなんだ。妹が嫁ぎたがってる相手は誰なのか、とっくに気づいてる」

「でも、サディク様は……」

ルフィナの脳裏に、昼間の会話が蘇る。

――『陛下は間違っておられません。どうかお聞き分け下さい』

サディクの口調は、揺るぎないものだった。

カミーラの気持ちを知っていて、ああ言ったのなら、脈は全くないように思える。

イズディハールは哀れみの籠った声で断じた。

「ほんとは、あいつもカミーラが好きなんだよ」

「それなら、どうしてあんな風に言ったのかしら」

「それは、サディクがカザーフ家の長男だからだ」

きっぱりとした答えに、ルフィナはおおよその事情を察した。

『カザーフ家』という名を聞いて、世界史の授業で習った内容を思い出したのだ。

「『タバール王家を支える五本の剣』ね。確か、カザーフ家、ナイザル家、サイード家、ハキム家、イルハーム家、だったかしら」

「すごいな、よく覚えてる」

彼の感心した口調に気を良くしたルフィナは、有名な文献の一節を引用した。

「『五家は王家の為に生き、王家の為に死ぬ。五家は決して王を裏切らず、王の忠実な手足となる』でしょう?」

「その通り。もしかして、他の国のことも色々知ってる?」

イズディハールの声には純粋な賞賛が滲んでいる。

ルフィナは、照れくさいような、悪いことをしたような複雑な気持ちになった。

「歴史の授業で習ったの。でも、知ってるのは本に書いてあるようなことだけだわ。現に、お見合いに対するタバールの考え方は分かっていなかったでしょう?」

「それにしたって、すごいよ」

「お姉様はもっとすごいわよ。教養の一つとして学んだの。本当はこんな風にひけらかしてはいけないのだけど、あなたを驚かせたい誘惑に負けてしまったわ」

「ひけらかしたわけじゃないと思うけど……」

「知識として蓄えておくことが肝要であって、わざわざ口に出すのは品がない行為なの。もちろん他の人は好きにしていいのよ? サンティスの王女なら、という前提付き」

教わったことを伝えると、イズディハールは小さく嘆息した。

それからルフィナには聞き取れない声で低く呟く。

「そりゃ、がんじがらめになるはずだ」

「……なにか言った?」

「なんでもない。サディクの話だったな」

イズディハールは首を振り、話を元に戻した。

「父はカミーラをドミニクに嫁がせたいと、正式な会議の場で口にした。検討の段階ならともかく、王の決定に五家が異を唱えることは許されない。だから、サディクはああ言うしかないんだ」

「そういうこと……。カミーラ様もそれは、知ってるのよね？」

「ああ。妹もサディクが動けないことは分かってる。だから、直接的な告白はできなくて、あんな遠回しな言い方してたんだ。どうにもならないと思っても、抗わずにいられないんだろう。理解することと、納得することはまた別だから」

ルフィナは心の中で、ああ、と声を上げた。

カミーラと自分は、そんなところまでよく似ている。

ルフィナも頭では分かっているのだ。イズディハールの温もりを感じながら、楽しく話している今の状況は、どうみても間違っている、と。

分かっているのに、拒否できない。

こんな風にこれからも一緒にいられたらいいのに、とさえ思ってしまう。

「そんな顔するな。カミーラが見たら、『私の為に心を痛めないで』と騒ぐぞ？」

彼の慰めに、ルフィナはますます苦しくなった。

カミーラだけを憐れんでいるのではない、と言ったら、イズディハールはどう思うだろう。実際には行動に移せない「もしも」の想像を、ルフィナは懸命に振り払った。

今は、カミーラの話だ。

せめて彼女だけでも、何とかならないものかと思案する。

ルフィナの心を読んだかのように、イズディハールも同じ言葉を口にした。

「俺もなんとかしてやりたいんだが、今の立場では、カミーラに今回の話を辞退していいとは言ってやれない。できるのは、せいぜい身代わりを務めるくらいのものだ」

「では、これからもイズディ様がカミーラ様の代わりをするの？」

「いや、次からは本人が出向くそうだ。ルフィナと色々話したお陰で、気持ちの整理がついたと言っていた」

「それは良かったわ」

カミーラと顔を合わせる機会が増えるのは、純粋に嬉しい。

だが、それは同時にイズディハールとの接点が減ることを意味する。

「でも、あの見事な女装を見られなくなるのは、寂しいわね」

正直な気持ちをからかい文句に混ぜて伝えると、彼は珍しく嫌そうな顔をした。

「勘弁しろよ。限られた場所で、そう長くない時間だから誤魔化せたけど、次は王立美術館へ行くんだろ？　さすがにバレる」

「そうかしら？　恰好はもちろん、佇まいや声だって完璧に女性だったわ。あれ、どうやって変えてたの？　今とはまるで違うけど」

「一時的に声の高さを変える薬を使ってた。あまり頻繁に使うと、喉が焼けて声が出なくなるらしいから、『私も使ってみたい』だなんて言うなよ？」

悪戯っぽい口調で釘を刺されたルフィナは、身震いした。

「そんな怖い薬だったなんて……。だから今日は、普通に話していたのね」

「ああ。今だから言うけど、薔薇園にルフィナが来てくれて助かった。あれがなかったら、もうしばらくは無理しなきゃいけなかった」

イズディハールは感謝の籠った声で話す。

ルフィナもホッとした。あの時は、軽はずみな行動だったと後悔したが、結果的に彼が早めにカミーラ役から下りられたのなら、好奇心に身を委ねるのもたまには悪くないのかもしれない。

「それだけカミーラ様が大切ということよね。なかなかできることじゃないわ」

尊敬の眼差しを向けると、イズディハールは首を振った。

「そんないいもんじゃない。カミーラも言ってたろ？　『面白そうだからついてきただけ』だって。あれがほんと」

そうだとしても、実際の彼はカミーラの為に奔走している。

本人が言うほどいい加減な人間ではないように思えた。

イズディハールは「それに」と付け加える。

「『月の女神の再来』とまで言われてるサンティスの美姫をこの目で見てみたかったのもあるし？」

彼が挙げた理由に、ルフィナは笑った。

「それなら、私じゃ駄目ね」

「どうして？　合ってるだろ」

「『月の女神の再来』と謳われているのは、アドリアお姉様よ。私は紛い物だわ」

「……は？」

彼の低い声に怒気が籠る。

イズディハールは長い指で眼鏡をずらし、ルフィナの顔を覗き込んだ。

「誰がそんなことを？」

琥珀色の瞳が剣呑《けんのん》に光る。ルフィナは驚き、すぐには返事ができなかった。

「……言えよ。ルフィナにそんな馬鹿げた言葉を吹き込んだのは、誰？」

イズディハールの体躯に殺気が漲っていくのが分かり、ルフィナは慌てて説明した。

「誰も何も言っていないわ。私が勝手にそう思ってるだけ」

彼の殺気が少しだけ薄れる。だが、不愉快そうな口調は変わらない。

「それにしても、そう思うようになったきっかけはあるだろ？」

（もしかして、私の為に怒ってくれてる……？）

勝手な解釈かもしれないが、もしそうだとしたら――。

嬉しくなって微笑んだルフィナを見て、イズディは眉根を寄せた。

「どうして、そこで笑うわけ」

「イズディ様が怒ってくれたから」

「……だめだ、勝てる気がしない」

イズディハールはぼそりと呟き、眼鏡を指の背で押し上げる。

瞳は見えなくなったが、赤くなった頬は暗がりでも確認できた。

二人の間に、ほんわりと甘い空気が漂う。

恥ずかしくなったルフィナは、気づかない振りで話を元に戻した。

「きっかけも、私よ。お姉様のように、皆が思う『サンティスの王女』にはなれないと気づいた時に分かったの。私はどうあがいても本物にはなれない、って」

「サンティスの王女らしいかどうかは、俺には分からないけど――」

イズディは前置きし、「ルフィナは完璧だよ」と続ける。

彼が慰めてくれようとしているのは分かったが、見え透いたお世辞は余計に惨めになるだけだ。ルフィナは、わざと茶化した口調で問い返した。

のに？」


「一体どこが？　縁談相手のあとをつけて、他の候補者との逢瀬を盗み見するような女な
イズディハールは笑わなかった。

真摯な声で、「全部」と答える。

「性根がまっすぐで、情に厚くて、人の善性を信じてるとこ。恵まれた境遇にあぐらをかかず、努力しつづけてるとこ。それでいて、まるで驕り高ぶったところがないとこ。他にもきっと色々ある。これで完璧じゃないなんて、おかしいだろ」

ルフィナは唖然とした。

まさか、これほど真面目に答えて貰えるとは思わなかったのだ。

しかも彼の褒め言葉に、外見を評価する言葉は一つもない。ルフィナの人間性を評して『完璧だ』と言い切ってくれた。熱い塊が喉元に込み上げてくる。

ルフィナは俯き、溢れそうになる強い感傷を逃がそうと必死になった。

イズディハールは前で組んでいた手を解き、左手でルフィナの頭をくしゃりと撫でる。

拍子に、ぽたり、と涙が零れた。

「……ずるいわ」

何がどうずるいのか、イズディハールは尋ねてこない。

ルフィナの涙が止まるまで、ただずっと頭を撫でていた。

気持ちが落ち着くと、急に恥ずかしくなってくる。本音を言えば、今すぐこの場から逃げ出したいが、それはあまりに礼儀知らずだ。

ルフィナは顔をあげ、「もう大丈夫。気を遣わせてごめんなさい」と謝った。

「いいよ。カミーラで慣れてる」

彼は軽い調子で答えた。

人前で泣いたことも、大したことではないと言われたようで、救われる気持ちになる。

だが、これ以上はいけない。

ルフィナはゆっくり立ち上がり、イズディハールの話を先回りした。

「――昼間の『お互いに協力する』という話なら、私はいいわよ。それもどうするか聞きたかったのでしょう？　あの時は結局、うやむやになったから」

彼も立ち上がり、こちらに向き直る。

「ルフィナは、それでいいのか？」

「もちろん、いいわ」

心が反乱を起こさないうちに、即答した。

「サンティスにとって、これ以上ない話だもの」

「俺が聞きたいのは、サンティスの姫としての意見じゃない。ルフィナ自身はどう思ってるのか、ってこと。ルフィナは、ドミニクと結婚したいの？」

イズディハールは誤魔化しを許さない空気を纏い、真意を尋ねてくる。

ルフィナは泣きそうになった。

だがここで『結婚したいとは思えない』と弱音を吐けば、絶対に後悔する。

誰が許しても、サンティスの王女たるべく努力してきたルフィナの二十年が許さない。

ルフィナはまっすぐ彼を見上げ、静かに答えた。

「個人的な意見は関係ないわ。私はその為に来たんだもの」

ドミニクと結婚したいとは言えなかったが、それは許して欲しい。

彼はしばらく黙り込んだ後で、「分かった」と頷いた。

「そういうことなら、協定を結ぼう。カミーラは、ルフィナとドミニクがうまく行くよう協力する。ルフィナは、カミーラがドミニクと必要以上かかわらずに済むよう協力する。

それでいい?」

「いいわ」

しっかり答えられたと思ったのに、出てきた声はどこか弱々しくて、ルフィナは呻きたくなった。

「そろそろ戻らなきゃ。あなたも気をつけて帰ってね」

このまま一緒にいれば、また涙を見せる羽目になりそうで怖い。

イズディハールはそれには答えず、ルフィナの髪をそっと一筋すくった。

壊れ物に触れるような手つきのせいで、振り払うことができない。

「……怒らないの？」

彼の口調には、どうして、という疑問が籠っている。

「怒られたいの？」

ルフィナが問うと、小さく首を振って、髪から手を離す。

さらり、と流れ落ちる髪は、まさしく月光のようだった。

「ごめん。普通の髪じゃないみたいに見えて、つい。……夜だから、余計綺麗に見えるのかな」

髪を褒められることには慣れているのに、不器用なその賛辞に、胸がきゅと窄まる。

「ありがとう。ドミニク様とも夜会うべきかしら」

ルフィナは冗談めかして答えた。

冗談にしてしまわなければ、心が死んでしまいそうだった。

イズディハールは、それはどうかな、というように首を傾げ「もう行って」と小声で言った。

第三章　祝福されない両想い

切ない想いを押し殺して結んだイズディとの協定には、穴がある。

それにルフィナが気づいたのは、数日後のことだ。

その日は、ドミニクの案内で王立美術館を見学することになっていた。

(今日はカミーラ様も一緒に行くのよね。楽しみだわ!)

ルフィナは朝からそわそわしながら、何度も時計を確認する。

「姫様ったら、よほど楽しみなのですね」

微笑むパメラに、楽しみなのはカミーラと出かけられるからだ、とは言えない。

ルフィナは罪悪感を覚えながら、ただ頷くしかなかった。

やがて待ち合わせの時間になり、パメラやメイドたちの手で整えられた完璧な装いで送り出される。

貴賓館の玄関ホールに降りると、そこにはすでにドミニクとカミーラが待っていた。

「すみません、遅れてしまいました」

遅刻はしていないはずだが、待たせたのは事実だ。

詫びたルフィナに、ドミニクは柔らかな視線を向けた。

「いや、時間通りだ。私たちが早く着過ぎてしまった」

ドミニクの隣で、カミーラもその通りだと頷いている。

彼女の恰好を見たルフィナは、目を丸くした。

カミーラは、イズディハールが女装していた時と同じ民族ドレスを着ている。

だが同じなのは形だけで、華やかさがまるでないのだ。ドレスの色が地味なこと、生地に刺繍等の装飾が一切施されていないことが原因だろう。

口元は隠していないが、艶やかな髪は大判のスカーフに包み、隠してしまっている。

(ドミニク様の気を惹きたくないからでしょうけど、せっかくの素材が……!)

ルフィナは先日見た彼女の美しさを思い出し、内心嘆息した。

そんなカミーラの背後には、二人の青年が立っている。

一人は、サディクだ。ドミニクから届いた予定表に『付き添いを連れてきてはいけない』とは書いていなかった。だから、それはまだいい。

だが、もう一人の青年は、完全に駄目だろう。

ルフィナはドミニクに近づくと、小声で話しかけた。

「私の目の錯覚でしょうか。カミーラ様の後ろに、ここには居るはずのない方が見えます」

敢えて名前は伏せたが、ドミニクにはすぐに分かったようだ。

彼はくすりと微笑み、同じく小声で答える。

「私も驚いたが、あれは彼によく似た他人らしい。世界には自分にそっくりの人間が二人はいるというから、不思議ではないがな」

（いやいやいや。不思議でしかないから！）

ルフィナは信じられない気持ちでドミニクを、それから『彼によく似た他人』を見た。

その青年は、今日はシュレンドルフの近衛が着ているような軍服を着ている。

長めの前髪は後ろにとかしつけ、前回とは異なるフレームの眼鏡をかけている。かっちりした形の眼鏡は、彼を真面目な軍人に見せていた。

腰には長剣まで提げているのだから、念の入ったことだ。

いくらイズディハールとはいえ、シュレンドルフの軍服をすぐに用意できるとは思えない。しかも帯剣を許されている。さすがにレプリカだろうが、それにしても尋常ではない。

この茶番にはドミニクが噛んでいるのだ、とすぐに分かった。

「……もしかして、あの方に何か弱みを握られているのですか？　もしそうなら、お力になりますよ」

ルフィナが真剣な顔で言うと、ドミニクは盛大に噴き出した。

肩を震わせ、くつくつ笑うドミニクの様子から察するに、それはないらしい。単にイズディハールの悪戯を楽しんでいるのだろう。『タバール王子の七変化を愛でる会』だと最初に分かっていれば、ルフィナだって楽しめた。

「心配ありがとう。だが、大丈夫だ。彼に協力している理由は、私の口からは言えないが、あなたを傷つける類のものではないと約束しよう」

後半の台詞を、ドミニクは真面目な表情で告げた。

(何らかの理由があって、イズディ様の好きにさせているけど、それは私には言えない、ということね。この様子では、どれだけ食い下がっても教えては貰えないわ)

ルフィナは諦め、「そういうことなら」と了承する。

ドミニクは「姫の寛容さに感謝する」と答え、恭しく右手を差し出した。

「このままあなたを独占していたら、あとから何を言われるか分からないな。そろそろ移動しよう」

謎めいた言葉には引っかかりを覚えたが、それより彼がカミーラには声を掛けないことが気にかかる。

(ドミニク様らしくないわ。このまま私だけをエスコートするつもりなのかしら……?)

ルフィナの疑問は、すぐに解けた。

いつの間にかカミーラは、ドミニクから距離を取り、サディクの隣に立っているのだ。

ルフィナの視線に気づくと、彼女はにこり、と笑った。

「私のことはお気になさらず。ちゃんとついていきますので」

ルフィナは協定を思い出し、「分かりました」と素直にドミニクの手を取る。

ドミニクはルフィナの手をぐ、と引き、自分の傍らに寄せた。

途端、刺すような視線を背後から感じる。

ドミニクを独占する形になったことで、サディクを怒らせたのだろうか。

視線の持ち主が気になったが、ドミニクの手を取った状態で、背後を気にするのは不作法だと我慢する。

「……これは、予想以上に楽しいな」

ドミニクはルフィナの耳元に唇を寄せ、そう囁いた。

背中に突き刺さる視線が、ますます強くなる。

ルフィナにはさっぱり意味が分からなかった。

貴賓館の前に停まっている馬車は、二台だった。

全員で移動すると思っていたルフィナは戸惑ったが、ドミニクはルフィナを自分と同じ馬車に乗せた。

カミーラが乗ってこないところを見ると、彼女は後続の馬車に乗ったのだろう。

協定通りとはいえ、ドミニクと二人きりになるのは緊張する。

そう思ったのも、もう一人の人物が馬車に乗り込んでくるまでだった。

近衛騎士に扮したイズディハールは、それが当然だというようにルフィナとドミニクの向かい側に腰を下ろした。

「――え？」

思わず声をあげたルフィナに、彼は冷ややかな眼差しを向ける。

「何か不都合でも？　護衛がいては、邪魔ですか？」

あくまで近衛として振舞うつもりなのか、イズディハールはそんなことを言った。

どう答えるのが正解なのか分からない。

ルフィナは隣のドミニクを、助けを請うように見つめた。

途端、先ほどと同じ鋭い視線を頬に感じる。どうやらルフィナの背中に穴を空けようとしていたのは、イズディハールだったらしい。

ドミニクは苦笑を浮かべ、やれやれと首を振った。

「ここで私を頼るのは、悪手だと思うぞ？」

「ですが……」

一体、他に誰を頼れというのだろう。ここにフォルカーはいない。

「私を睨むな。お前が怖がらせるからだぞ」

ドミニクはイズディハールを窘め、そしてルフィナに優しく微笑んだ。

「怖がらなくていい。狭量な男のことは放っておいて、いつも通りにしていなさい」

ドミニクのその言い方は、フォルカーがルフィナに接する時のそれとよく似ていた。親愛に満ちた表情にも、見覚えがある。

ドミニクはルフィナを妹のように見ているのだと分かり、ホッとした。彼の妹分にならば、喜んでなれる。

「……ごめん、ルフィナ。さっき言ったこと謝るから、こっち向いて」

懇願に満ちた声が、向かい側から掛かる。

どうやらイズディハールの機嫌は直ったらしい。

ルフィナがまっすぐ座り直すと、安堵したように笑う彼の顔が視界に入った。

凛々しい軍服と、ストイックな雰囲気の眼鏡と、甘い笑みの組み合わせは、反則だ。

自分の置かれている立場を忘れ、目前の青年に見惚れてしまう。

イズディハールに似合わない服などあるのだろうか。彼なら、布一枚を巻き付けた格好でも様になる気がして怖い。

「怖がらせるつもりはなかったんだ。本当にごめんね。ドミニクとあんまり仲良さそうにしてたから、つい……」

イズディハールの弁明に、ルフィナは顔をしかめた。

ドミニクと親しくすることの何が悪いのか分からない。

「それなら、一体どういうつもりなの？　こんなところまでついてくるなんて！」

語気を強めて抗議した直後、ルフィナはしまった、と口を押さえた。

隣にドミニクがいることをすっかり忘れ、素の状態で話してしまった。

「んー。ルフィナが心配で？」

他人事のように答えるイズディハールに、苛立ちが募る。

もうこうなったら自棄《やけ》だ、とルフィナは普段の調子で彼を問い質した。

「どうして疑問形なのよ。それにそれを言うなら『カミーラ様が心配で』でしょう？　あの協定を忘れたの？」

開き直ったとはいえ、後半部分は小声になる。

ドミニクの居る場所で、彼に関する取り決めの話をするのはさすがに憚《はばか》られた。

一方イズディハールは、全く頓着のない様子で答える。

「妹のことなら、心配いらない。サディクがついてるからね。それと、協定には違反してないよ。俺は、協力するなんて一言も言ってない」

ルフィナは唖然とした。

記憶の糸を手繰り寄せ、彼の台詞を思い出す。

――『なら、協定を結ぼう。カミーラは、ルフィナとドミニクがうまく行くよう協力する。ルフィナは、カミーラがドミニクと必要以上かかわらずに済むよう協力する。それでいい？』

脳裏に蘇った声に、ルフィナは拳を握りしめた。

確かに、イズディハールが協力するとは言っていない。

彼は最初から、ルフィナとドミニクの仲を邪魔するつもりだったのだ。

してやられた悔しさと、何故そんなことを？　という疑問が同時に襲ってくる。

（イズディ様だって、カミーラ様の恋を応援したいと言っていたのに……）

とそこまで考え、妹の味方をすることと、ルフィナの邪魔をすることは、何も矛盾しないと思い至る。それはそれ、これはこれ、というやつだ。

「――それを言うなら、ルフィナ姫にも私がついているのだが？」

それまで静観していたドミニクが、からかいを帯びた声で口を挟む。

張り詰めた空気が一気に緩み、ルフィナは安堵した。

邪魔する理由について追及するのは、また今度にしようと決める。

「そうよ。ドミニク様はとっても強いのですもの、何の心配もいらないわ」

ルフィナはここぞとばかりに同調した。

イズディハールはむう、と眉根を寄せ、ドミニクを軽く睨む。

「この鈍感姫を調子に乗らせないでよ、ドミニク」

「失礼な！」

すかさず突っ込んだルフィナに、ドミニクは声を上げて笑った。

（もう駄目、隠せない……。ドミニク様にも本性を知られてしまったわ）

ルフィナは扇を握りしめ、天を仰いだ。

やがて笑い収めたドミニクが、茶目っ気たっぷりな表情で話しかけてくる。

「私も、そちらの方がいいな」

ルフィナは、何を言われたのか分からず、瞳を瞬かせた。

「お淑やかで控えめな姫でいるのが悪いというわけではないぞ？　公の場所にはどんな輩《やから》が潜んでいるか分からないし、安易に隙を見せない方がいい。だが、私的な集まりでくらいは、思う様に振舞っていいのではないか？」

ドミニクの声は穏やかで、静かに心に染みてくる。

「殿下……。ありがとうございます」

イズディハールはもちろん、カミーラもドミニクも、ルフィナがサンティスの王女らしくないことに落胆を見せない。

それどころか、ありのままのルフィナでいいと言ってくれる。

（私、シュレンドルフに来てよかった……）

今回の縁談がどんな結末で終わろうとも、イズディやドミニクに言われた言葉を忘れないでいよう、と心に決める。

感謝を込めてドミニクを見つめたルフィナの袖を、誰かが引っ張る。

誰か、と言っても馬車にはあと一人しかいない。そちらを向けば、イズディが面白くなさそうな顔でルフィナを見ていた。

「俺には、言ってくれないの？」

仲間外れにされた子どもを思わせる拗《す》ね方に、ルフィナは苦笑した。

先ほど感じた苛立ちは、いつの間にか消えていた。

破天荒なイズディには振り回されっぱなしだが、彼の行動に腹は立てても、怒りが長続きしないのは、ルフィナがその自由さに憧れと羨望を抱いているからかもしれない。

それにあの夜、彼が言ってくれた褒め言葉は、ルフィナの宝物だ。

ルフィナは怒りを収め、心からの言葉を口にした。

「あなたには、一番感謝してるわ。ありがとう」

イズディハールは満足げに頷くと、にこ、と笑って強請《ねだ》ってきた。

「名前がいい」

「え？」

「『あなた』じゃなくて、名前つきでもう一回言って」

ルフィナはきっぱり拒否した。

「それは無理よ。誰が聞いているか分からない場所で、ここに居るはずのない人の名前を呼ぶことはできないわ。馬車の中でもそれは同じよ。気をつけないと、いざという時に出てしまうもの」

そう思ったからこそ、あの日の夜もルフィナは彼の名を口にしなかった。

あなたはお忍びで来ているのだから、と窘めれば、彼は素直に認めた。

「確かにルフィナの言う通りだ。なら、愛称でもいいよ」

「愛称はもうあるでしょう？」

イズディハールが本名なのだから、イズディは愛称なはず。

首を傾げたルフィナに、彼は明るく頼んだ。

「あれとは違うやつを、ルフィナがつけて。変装している時も名前を呼んで欲しいのはルフィナだけだし、外でも堂々と呼んでもらえるし、一石二鳥じゃない？」

前言撤回。イズディハールは、ルフィナを翻弄する天才だ。

本人は冗談のつもりだろうが、ルフィナの心臓はドキドキと早鐘を打っている。

こんなことが続けば、寿命が縮まってしまう。

「できません！」

きっぱり断ったルフィナと、わざとらしくガッカリするイズディハールを見て、ドミニクはまた笑った。

王立美術館自体は、素晴らしかった。

授業で教わったことしかない著名な画家の絵や、彫刻家の作品を、ゆったりと見て回る。

第二王子が国賓と共にやって来るということで、一般客の入場は制限されているらしく、広い館内には五人しかいない。

ドミニクの案内は分かりやすく、歩く速度もちょうどよかった。

女性をエスコートし慣れているところは、将軍ではなくやはり王子だ。

ルフィナはイズディハールに請われ、作品に纏《まつ》わるちょっとしたエピソードや、技法に関する由来などを披露していった。

「さすがはサンティスの王女だな。各国の歴史や文化に造詣《ぞうけい》が深いという話は聞いていたが、これほどまでとは……」

ドミニクが感嘆の籠った声で褒め言葉を口にする。

カミーラは瞳を輝かせ、「もっと教えて欲しいわ」とねだった。

あのサディクですら「勉強になりました」と悔しそうな顔で褒めたのだから、ルフィナは嬉しくなった。

芸術は苦手な分野だが、逃げ出さず学んできてよかった、と心から思う。

だが、その気持ちをそのまま言葉にするのは、恥ずかしかった。

「アドリアお姉様なら、もっと気の利いた言い方で解説できるのだけど、私には難しくて」

照れ隠しにそう言うと、イズディハールは顔をしかめて苦言を呈した。

「そうやってすぐにアドリア王女と自分を比べるの、やめたら？」

痛いところを突かれたルフィナは一瞬、言葉に詰まる。

だが、確かに彼の言う通りだ。

アドリアがすごいのは事実だが、だからと言って自分を卑下していい理由にはならない。

褒め言葉を過剰に否定するのは、賞賛してくれた相手を侮辱する行為だ。

「ごめんなさい。次から気をつける」

素直に謝ったルフィナに、イズディハールは表情を和らげた。

「俺の方こそ、言い方きつくてごめん。でも、ルフィナがこれまで重ねてきた努力の賜物なんだからさ。本人がそれを否定するなよ」

ルフィナは、ただ頷くことしかできなかった。

これだから、彼はずるいのだ。

油断させておいて、自覚なしにさらりとルフィナが欲しい言葉を放つ。

（こんなの、好きになるなって言う方が無理だわ……）

イズディハールへの想いは無視できないほど、大きく育っている。

彼自身にそのつもりはなくても、顔を合わせる度、大量の水と養分を与えられている状態なのだから、どうしようもない。

(だからと言って、認めてしまうわけにはいかないわ。私が好きにならなきゃいけないのは、ドミニク様なのだもの)

胸の奥に灯り続ける想いから目を逸らし、ルフィナは次の展示へと足を向けた。


時間をかけて館内を見回ったあとは、併設の喫茶ルームで休憩することになった。

円形のテーブルについたのは、ドミニクとカミーラ、そしてルフィナの三人だけ。

サディクとイズディハールは立場を弁え、壁際に並んで立っている。

この光景をタバール国民に見られたら、大変なことになりそうだ。

背後の二人が気になり過ぎて、せっかくのお茶の味がよく分からない。

あきらかに口数の減ったルフィナを見て、ドミニクはふ、と笑んだ。

「こうなると分かっていてついてきてるんだ。気にすることはない」

「それはそうかもしれませんが……」

「ルフィナ様は優し過ぎるのです。それもまたルフィナ様の魅力ですが、これ以上お兄様を甘やかしたら、とんでもないことになりますよ?」

カミーラが真面目な顔で忠告してくる。

「そうなのか？」

「そうなの？」

ドミニクとルフィナの声が揃う。

カミーラはこくりと頷くと、そっと手招きする。イズディハールには聞かれたくないのだろう。ドミニクとルフィナは椅子を動かし、彼女に近づいた。

カミーラを中心に三人で固まると、彼女はおもむろに話し始めた。

「お兄様はああ見えて、滅多に我儘を言わないのですが、一度欲しいと思ったものにはものすごく執着するタイプなのです」

『我儘を言わない』という部分に、ルフィナは大きく目を見開く。

（むしろ、我儘しか言っていない気がするけど、私の気のせい!?）

ルフィナの表情に気づいたカミーラが、気の毒そうに眉をひそめる。

「ルフィナ様に関しては、もう手遅れかもしれません。忠告しようにも、私がルフィナ様とお会いした時にはもう、兄はああでしたから……」

カミーラが何を言っているのか、さっぱり分からない。

困惑するルフィナを見遣り、ドミニクは笑みを含んだ声で言った。

「いずれルフィナ姫にも分かる。期限は区切られているし、時間の問題だ」

それから「今はカミーラ姫の話を聞こうではないか」と話題を元に戻す。

カミーラも「そうですね」と彼に同意したので、ルフィナはそれ以上尋ねることができなかった。

「大叔父様所有の馬の時が、そうでした。今から十年以上前の話です」

カミーラは内緒話をするかのように、小声で話し始める。

「大叔父様はその馬の血統の良さを自慢にしていたのですが、『気性が難しいから、乗るのは面倒だ』などと仰って、自分で乗ることはせず、ただ厩舎に繋いで世話をさせている状態でした。お兄様はその馬に一目惚れして、譲って欲しいと頼んだのです。自分なら毎日でも乗るし、大事にするから、と——。ですが大叔父様は、才があって皆に愛されるお兄様を妬《ねた》んでいました。彼はそれを聞くと、お兄様には譲らず、わざと遠い国に売り払ってしまったのです。しかも、馬のことなどよく知らない商人に、『足にはなる』と言って二束三文で。『走れなくなったら適当に乗り捨てろと言ってやった』と、お兄様の前で笑って話していました」

「ひどい……」

思わずルフィナは零してしまう。

イズディハールは、さぞ落胆したことだろう。

自分が欲しがったせいで、その馬は故郷を追われたと後悔したかもしれない。

「でしょう？　なんと底意地の悪い、と私も呆れてしまいました」

カミーラの返答に、ドミニクが「その後の話が本題なのだろう？」と続きを急かす。

ルフィナもすっかり彼女の話に引き込まれていた。

カミーラはお茶を一口飲んで、話を再開する。

「お兄様は、その時は大人しく引き下がったように見えました。ですが、そうではなかった。それから七年後、大叔父様は王家の財宝をくすねた罪で告発され、処刑されたのです。告発したのは、お兄様でした。お兄様は助命を請う大叔父様に、『裏切ったのだから、身内でも捨てるしかない』と言い放った。その時の言い方と笑い方は、七年前の大叔父様にそっくりでした。あの時のことをずっと許していなかったのだと、私には分かりました。お兄様はとっくに例の馬を取り戻していましたし、もう終わった話だと思っていたのですが、そうではなかったのです」

「確かに身内でもいらないな。いや、身内だからこそか」

想像以上に血なまぐさい話にルフィナは蒼褪めたが、ドミニクは平然とした様子で呟く。

大国の将軍ともなると、裏切り者の処理にも慣れているのかもしれない。

息苦しくなったルフィナは、「その馬は、どうやって見つけたのかしら？」と尋ねた。

処刑された大叔父の話より馬の話の方がいいと思ったのだ。

「暇を見つけては遠出して、あちこちの村で聞き込んで、お兄様自ら探し出したのです。二年近くかかりましたし、肝心の馬も見つけた時は扱いの悪さにすっかり弱っていたそうですが、お兄様は最期まで自分で面倒をみました。どんな優れた駿馬より、その馬を大切にしていました」

「そうだったの……」

確かに、イズディが一旦気に入ったものに執着するタイプであることがよく分かるエピソードだ。

だが、ルフィナにはそれが悪いことだとは思えなかった。

弱った馬を見捨てなかったところなど、特に良い。

そんな風に最期まで大事にして貰えるのなら、執着されても構わない気がする。

「私としては、大叔父とやらの罪が事実だったかどうかが気になるな」

ドミニクはそう言って、「考えすぎかな」と笑う。

ルフィナは全く笑えなかった。

「お兄様は、無実の人間に冤罪をかけるような男ではありません」

カミーラはきっぱり言ったが、その後で「罪を犯したくなるよう仕向けた可能性は、というお話なら、分かりませんが」と付け足す。

ドミニクはうんうん、と頷き、「仮にそうだとしても、実行するかどうかは本人の裁量だ」と返した。

「殿下の仰る通りですわ」

あはは、うふふ、と笑い合う二人に、ルフィナは遠い目になる。サンティス神聖国は平和な国だとしみじみ思った。

帰りの馬車で、イズディハールは喫茶ルームで何を話していたか聞きたがったが、ドミニクが「どの話のことだろう」とはぐらかしたので、ルフィナも黙るしかなかった。

「いいよ、もう。帰ったら、カミーラに聞くから」

口を割らないドミニクたちに腹を立てた彼が、拗ねて顔を背ける。

ドミニクはにやり、と笑った。

「カミーラ姫より、ルフィナ姫に聞いた方がいいんじゃないか。自分の性癖について、直接言い訳できる」

「ちょっと待て。本当になんの話だったんだよ！」

珍しくイズディハールが慌てる。まさか馬の話だとは思ってもみないのだろう。

おかしくなったルフィナは声を立てて笑ってしまった。

美術館に出かけた後も、イズディハールはあの手この手を使って、ルフィナとドミニクの逢瀬に割って入ってきた。

結局ドミニクとは、未だに一度も二人きりで会ったことがない。

イズディハールは自分のことが好きなのではないか？　と疑ったことは何度もある。

だがその度、ルフィナは「それはない」と打ち消した。

もしも彼が本当にルフィナを好きなら、ルフィナが一人でいる時に会いにくるのではないだろうか。

それは一度もなかった。彼と二人きりで話したのは、あの夜が最後だ。

イズディハールはドミニクと共にいる時に限って、変装をして現れる。シュレンドルフの騎士の振りをする時もあれば、カミーラの従者の振りをする時もあった。

大抵のことには動じなくなったルフィナだが、イズディハールが給仕に扮してお茶を運んできた時には、危うくカップを倒しそうになった。

その日はフォルカーが同席していたので、余計に肝が冷えたのだ。

素早くドミニクを見れば、悪戯めいた微笑みが返ってくる。

またもや彼と共謀しているのだと分かり、ルフィナは眩暈を覚えた。

(イズディ様の変装を、なんだかんだ言いつつ毎回楽しんでいる私も悪いけれど、今回はやり過ぎだわ！)

心の中で盛大に抗議し、フォルカーに気づかれないよう顔を顰めてみせる。

フォルカーは怪訝そうにルフィナを見つめた。

「大丈夫かい？　ルフィナ」

「ええ、大丈夫。小さな虫がいた気がしたの」

苦し紛れの言い訳を口にしている間に、イズディハールは一礼し、部屋の隅へと下がっていく。

その姿を目で追わずにいるのは、至難の業だった。

「それは嫌だね。新しい茶器と替えてもらおうか」

フォルカーがそう言って給仕に合図を送ろうとしたので、ルフィナの心臓は縮み上がった。先程は気づかれなかったが、今度はフォルカーもおかしいと思うかもしれない。

皆と同じお仕着せの服を着ていても、彼の美貌は際立っている。こんな容姿の給仕がいただろうか、とフォルカーが気に留めたら、そこから襤褸が出てしまいそうだ。

イズディハールの存在だけならまだしも、ルフィナが彼やカミーラと親しく交流していることが知られたら、お説教程度では済まない。

「いいえ、このままでいいわ！」

大きな声で遮ったルフィナに、フォルカーは目を丸くした。

ルフィナは急いでカップに口をつけ、ごくりと飲み込む。

「ほら、もう飲んでしまったもの。本当に平気よ」

「分かったよ。ルフィナ、落ち着いて」

憂わしげな彼の視線に、ルフィナはようやく我に返った。

フォルカーには、ルフィナが突然おかしくなったように見えるのだろう。

逆の立場なら、ルフィナも訝しんだに違いない。

「驚かせてしまって、ごめんなさい。でも、もう大丈夫よ、おにい様」

ルフィナは慌ててお淑やかな笑みを拵え、おっとりと言った。

今度はドミニクがぐ、と喉を鳴らす。彼は拳で口元を押さえ、笑いを噛み殺していた。

「まあ、殿下。どうなさいまして？」

ルフィナはここぞとばかりに攻撃に転じた。

ドミニクも共犯なのだから、手加減は不要なはずだ。

「いや、喉が、ちょっと……」

ドミニクは懸命に笑い収めようとしているが、なかなか上手くいかないらしい。

「私の失態が、よほど可笑しかったのですね……」

ルフィナは広げた扇で口元を隠し、さも傷ついた、というように瞳を伏せてみせる。

フォルカーはドミニクに視線を移すと、優美な眉を上品にひそめた。

「まさか。殿下ともあろう方が、女性を笑いものにするわけがない」

「も、もちろんだとも」

ドミニクは急いで否定する。

普段の彼らしからぬ動揺ぶりに、ルフィナは溜飲を下げた。

残るは、イズディハールだが――。彼に罰を与えたのは、ドミニクだった。

茶会がお開きとなった時のことだ。

「では、私たちはこれで。次にお会いできるのは、来週でしょうか」

席を立ったルフィナは、次回の予定について確認した。

以前貰ったスケジュール表には、カミーラと三人で会うことしか記入されていない。

ドミニクはあらかじめ考えてきたようで、すぐに提案を口にする。

「特に希望がなければ、ダンスの練習に付き合って貰えないだろうか」

「ダンスですか？　もちろん構いませんが……」

大国の第二王子ともなれば、社交ダンスは必須のはず。今更練習などしなくても、危なげなく踊れるのではないだろうか。

ルフィナの考えを見透かしたように、ドミニクが苦笑する。

「実は、今回ほど大きなパーティに出席するのは、数年ぶりでね。ダンスも久しく踊っていない。将軍職についてからは、王都に長く滞在することもなかったから」

「そうだったのですね」

ルフィナは納得し、快く引き受けた。

隣に立つフォルカーは、微笑ましげな表情で二人を見守っている。

いつもならそれで別れるのだが、今回は違った。

ドミニクがルフィナの手を取って彼の胸元まで引き寄せ、ぎゅ、と握ったのだ。

必然、一体が近づき、至近距離で見つめ合うことになる。

「ルフィナ姫は、本当に優しいな……」

声色もいつものドミニクと全く違う。

砂糖をまぶしたような甘い声に、ルフィナは仰天した。

ドミニクは長身を屈め、目を丸くするルフィナの耳元に唇を寄せる。

「あれにも仕返しをしないと、フェアじゃないだろう?」

ルフィナは、こっそりほくそ笑んだ。

確かに彼の言う通りだ。イズディハールだけが無傷で済むのは、納得いかない。

彼はどういうわけか、ドミニクとルフィナが親しくするのを酷く嫌がる。

これなら罰になるだろう。

「そんな……私にはもったいないお言葉です」

ルフィナはわざと恥ずかしそうに一度顔を伏せ、それからうっとりとした表情を作って
ドミニクを見上げた。二人の視線が熱く絡み合う。

フォルカーは彼らの邪魔にならないよう、そっと数歩下がった。

「次に会えるのが、もう待ち遠しい。あなたも同じように思ってくれるといいのだが」

「もちろん、私も同じ気持ちですわ」

そこまで言って、そっと横目でイズディハールの様子を確認する。

彼は底冷えのする眼差しで、こちらを見据えていた。

凄まじい吹雪が、彼の背後で吹き荒れる幻覚が見える。

(や、やり過ぎたかもしれない……)

ルフィナは後悔し、ドミニクからゆっくり手を外した。

彼もイズディハールの放つ怒気に気づいたのだろう、満足そうな表情で身体を離す。

別れの挨拶を交わし、部屋を退出した後も、ルフィナはイズディハールが気になって仕方なかった。


その日の夜――。

ルフィナはいつまで経っても寝付けなかった。

昼間目にしたイズディハールの表情が、脳裏から離れてくれないのだ。

彼は確かに怒っていたが、それだけではなかった。どこか深く傷ついた顔をしていたと思うのは、ルフィナの思い過ごしだろうか。

「ああ、駄目。眠れない……!」

ルフィナはベッドから下り、ガウンを羽織ってバルコニーへ足を向けた。

特に何か目的があったわけではない。少し頭を冷やすのもいいかと思ったのだ。

イズディハールを思い出したから、連想したことも否定できない。

彼と二人並んで話したのは、まだ最近のことなのに、随分昔のことのように思える。

音を立てないよう慎重に扉を開き、まっすぐ手すりに近づく。

期待はしていなかったはずなのに、視線は勝手に下を向いた。

案の定そこには誰もいない。

ルフィナは苦笑し、視線を右手へ流した。

暗闇の中、煌々と照らされた外廊は、イズディたちが宿泊する南館へと繋がっている。

ひと気のない外廊を何の気なしに眺めたルフィナは、とある一点に目を留めた。

黒髪の男性がこちらへ背中を向け、去っていくところが見えたのだ。

「――……まさかね」

シュレンドルフ人に黒髪の者は少ないが、皆無ではない。背の高いところも、バランスの取れた体つきも、イズディハールに似ていたが、あの遠さでは断言できない。

ルフィナは寝室に戻ると、時計を確かめた。時刻は、二十三時を大きく回っている。

もし明日の夜も起きていられたら、同じ時間に外に出てみよう、とルフィナは思った。

ちらりと見かけた先ほどの男性が誰なのか、無性に知りたくなったのだ。

そして翌日。

その日は何の予定もなかったので、ルフィナは昼寝をすることにした。

体調不良を案じるパメラには、「ゆっくり休んで、英気を養いたいだけよ」と伝えて安心させる。それも昼寝の理由の一つだったので、嘘をつく罪悪感は少なくて済んだ。

本命の理由は、もちろん夜更かしする為だ。

時計の針を見張っていたルフィナは、昨晩より少し早めの時間に、そっとバルコニーの扉を押し開けた。

今夜のルフィナは、紺色のガウンのフードをかぶり、夜闇にもよく目立つ髪を隠している。ルフィナは身を屈めながら手すりまで近寄り、柵の隙間から外廊を覗いた。

コソ泥のような真似をしているのは、誰にも見られたくないからだ。

うっかり誰かに目撃され、一体何をしているのかと興味を持たれてはたまらない。

そこまで用意周到に準備してきたのに、外廊には誰もいなかった。

ルフィナは落胆の息を漏らし、ふう、と視線を落とす。

そして、息を呑んだ。

バルコニーの下の芝生には、イズディハールが佇んでいた。

黒色のタバールの上着を羽織った彼は、今にもこの場を離れそうな雰囲気だ。

イズディハールは名残惜しげにこちらを一瞥し、ゆっくりとした足取りで背中を向ける。

月明かりに照らされた横顔はなんとも侘しげで、ルフィナの胸は強く締め付けられた。

今すぐ立ちあがり、大声で呼び止めたい衝動を、懸命に押し殺す。

彼の姿が外廊の向こうに消えた後も、ルフィナは手すりにしがみついていた。

気づけば、頬が冷たい。

不思議に思って手で拭えば、頬は涙で濡れていた。

いつの間にか泣いていたらしい。道理で景色がぼやけるはずだ。

何を泣くことがあるのか、分からない。

ただ、胸が痛くてたまらなかった。


それからドミニクと約束した日までの二日間を、ルフィナは酷く長く感じた。

夜更かしをしてバルコニーに出るのは止めた。

イズディハールがいてもいなくても、苦しくなる自信があったのだ。

ドミニクとの逢瀬を、きっとイズディハールは邪魔しにくる。

その時こそ、どうしてそんなことをするのか尋ねよう、とルフィナは決意した。

彼がどういうつもりで毎回邪魔しにくるのか、どんな想いでルフィナの部屋をただ眺めに来ているのか、はっきりさせなくてはまともな思考ができない。

結婚記念パーティまで、残り一週間。

パーティの前日までに、ドミニクはエスコートする王女を決めなければならないと言っていた。カミーラにその気がないことは、ドミニクにも伝わっている。

選ばれるのはおそらく、ルフィナだろう。

ドミニクのエスコートで、国王の結婚記念日を祝うパーティに出席し、そこで自分たちの婚約発表を聞く。それが、ルフィナの前に拓けている道だ。他の道はない。

ならば、イズディハールの真意を問う意味はどこにあるだろう。

答えは『どこにもない』。

それでも、ルフィナは確かめずにはいられなかった。

けじめをつけ、彼に焦がれる想いを消し去ってしまわなければ、と、その時は確かに思っていた。


そして、やってきた約束当日。

ドミニクが指定した練習用のダンスホールに、彼の姿はなかった。ついでに言えば、カミーラの姿もない。わざわざ夜会用のドレスを着てきたルフィナは、信じられない気持ちでホールを見回した。ここまで案内してくれた係の姿も、いつの間にか消えている。

完全に一人ぼっちだ。

ドミニクがすっぽかしたとは思えないが、ここで待っていてもいつ来るか分からない。

「……部屋に戻ろうかしら」

ルフィナが呟いたのと、誰かがホールに入ってきたのは同時だった。

かちゃりと扉が閉まる音がする。

そちらを振り向き、遅かったのですね、と言いかけたルフィナは、その場で固まった。

入ってきたのは、タバール風の正装をしたイズディハールだった。

光沢のあるライトグレーの上着には、銀糸で複雑な刺繍が施されている。

ストイックな立て襟と引き締まった体躯を引き立たせる仕立てが、何とも魅力的だ。

髪や口元を隠す布も、瞳を隠す眼鏡もない。

タバールの王子然とした彼が、そこにいた。

「イズディ様……」

ルフィナは、思わず彼の名を呼んでいた。

「やっと呼んだな」

イズディハールはそう言って、ふ、と頬を緩める。

屈託のない明るい表情に、ルフィナは状況を忘れて笑みを返した。

彼は部屋の隅に置いてある蓄音機に近づくと、用意されていたらしい曲を鳴らし始める。

ホールに流れてきたワルツの旋律に、ルフィナは両眉を上げた。

「せっかくのワルツだけど、私が約束したのは、ドミニク様よ？」

「楽しみにしていたのなら申し訳ないが、彼は来ない」

彼は静かに答えると、迷いのない足取りでルフィナに近づき、恭しく一礼した。

「一曲お相手願えますか、ルフィナ姫」

どうしてドミニクは来ないのか。カミーラはどこへ行ったのか。

尋ねたいことは沢山あったが、こんな機会はもうないかもしれない。

初恋の思い出に一曲踊るくらい、許して貰おう。

ルフィナはにっこり笑って、彼の差し出した手を取った。

「私でよければ、喜んで」

イズディハールが眩しげに瞳を細める。

「ルフィナがいいんだ」

彼はそう言って、愛おしげな視線を寄越した。

今日こそはっきりさせようと意気込んでいた気持ちが、ふわりと消える。

ルフィナには分かってしまった。

自分の手を優しく握る大きな手も、背中にそっと回された腕も、こちらを見下ろす眼差しも、何もかも。イズディハールは全身で、ルフィナが愛おしいと告げている。

彼がドミニクとの逢瀬を邪魔するのは、真夜中黙って部屋を見に来ていたのは、ルフィナのことが好きだから。

胸の奥が燃えるように熱い。ルフィナは突き上げてくる激情を懸命に抑え込み、華やかなワルツのメロディに乗って、ステップを踏んだ。

イズディハールも心得はあるらしく、フォルカーや兄ほどではないが、まずまずのリードを披露する。上手いか下手かで言えば普通としか評しようがないが、誰かと踊ってこれほどしっくりくるのは、これが初めてだ。

あるべきものがあるべき場所におさまった。そんな感覚に襲われる。

「さすがだな。上手いだけじゃなくて、すごく優雅だ」

イズディハールの賛辞を、ルフィナは素直に受け入れた。

「でしょう? かなり特訓したのよ」

「だろうな」

琥珀色の瞳に尊敬の色が浮かぶ。

大好きな人にそんな風に見つめられると、どうにかなりそうなほど幸せな気持ちになるのだとルフィナは初めて知った。

(終わらないで。もっと、もっと続いて)

心の中で強く願ったが、ホールを満たす楽曲は、一際華やかなメロディを奏で、ぷつりと消える。

二人は足を止め、体を離して、互いに軽く一礼した。

夢のようなひと時を過ごさせて貰えたことに、ルフィナは深く感謝した。

「ありがとう」

万感の想いを込め、イズディハールを見つめる。

頭のてっぺんからつま先まで、全部忘れないよう、網膜に焼き付けたかった。

良い思い出になった、と今は言えない。言えるのはきっと、三十年くらい経ってからだ。

今は、ただ苦しい。

こんな風に彼と踊ることはもう二度とない現実が、辛くて苦しい。

泣き出してしまう前に、ルフィナはその場を去ろうとした。

だが身を翻した瞬間、手首を掴まれ、背中から抱き締められる。

イズディハールの温もりに包まれたルフィナの眦から、ぽたりと涙の粒が零れた。

「あなたが……あなたが、ただのイズディだったら……！」

ルフィナは血を吐くように、想いを吐露した。

今更伝えるべきではないと分かっているのに、心が止まらない。

イズディハールが、タバールのイズディハールでなければ。

ルフィナが、サンティスのルフィナでなければ。

これほど狂おしい恋情を、殺さずに済んだ。

「嫌なら、避けて」

彼は前置きすると、ルフィナの顎を掴んで持ち上げ、目元に唇を寄せる。

顔を背けることはできたが、ルフィナは動かなかった。

瞳を伏せ、触れるだけのキスを受け入れる。

イズディハールの唇は、目元から頬へと移っていった。

「俺は、ルフィナがサンティスの王女でよかったと思ってる」

ルフィナの耳元で、彼は囁いた。

確信を帯びた低音に、ルフィナは浅く呼吸する。

聞きたくない、聞いてしまえば戻れなくなる。理性はそう警告するのに、身体は全く動いてくれない。

「サンティスの王女として生きてきたルフィナを、俺は好きになった。自分の立場にふさわしくあろうと頑張るルフィナを、愛してるんだ」

確かな響きで紡がれる告白に、ルフィナは目が眩むほどの幸福感を覚えた。

ありのままの自分を愛して貰えた喜びのあとに、深い絶望が襲ってくる。

これほど残酷な話があるだろうか。

イズディハールが愛したルフィナは、彼の想いを受け入れた瞬間、いなくなる。

サンティスの王女としてこれからも生きるなら、ルフィナが手を取る相手は彼ではなく、ドミニクでなければならない。

それでも――。

「私も、好き。……あなただけが好き」

結果、イズディハールの愛を失うことになっても、伝えずにはいられなかった。

一度堰を切って溢れた感情は、すぐには止まりそうにない。

ルフィナは彼の腕の中で身体の向きを変え、正面から抱き着いた。

イズディハールは感極まった声でルフィナの名前を呼び、痛いくらい強い力で抱き締め返してくる。

「ルフィナ……！」

触れ合った部分全てが熱い。このまま溶かしきってくれたら、とルフィナは思った。

溶けて彼の一部になれたら、父でもルフィナを彼から引き離すことはできない。

どれくらいそうしていただろう。

やがてイズディハールは腕の力を緩め、身を屈めてルフィナの顔を覗き込んだ。

「まだ、悲しそうな顔してる。何が足りない？　どうすれば、笑ってくれる？」

彼はそう言うと、人差し指の背でルフィナの頬をつ、となぞる。

何ともイズディハールらしい言い方に、ルフィナは唇の端を上げた。

「あなたが好きになってくれた私じゃなくなったことが、悲しいの」

彼は面食らったように、琥珀色の瞳を見開く。

「それ、どういう意味？」

「あなたが好きなのは、国の為に努力していた私でしょう？　でも私はサンティスの王女であることを捨ててしまった。王命や国益より、自分の恋を選んだ。イズディ様が好きになった私は、もういないわ」

「ああ、そういう意味か……」

イズディハールは安堵の息を吐くと、明るく笑った。

「それなら大丈夫。相手が俺でも、ルフィナはこれまでの生き方を捨てずに済むから」

「……それこそ、どういう意味？」

「シュレンドルフほどの大国じゃないけど、タバールだって結構強いんだよ？　武力を持たないサンティスを守るくらいの力はある」

「それは知ってるわ」

だから、どうしたと言うのだろう。

改めて確認しなくても、あの父でさえ、豊かな国力と強大な軍を持つタバールを敵に回すことはできないと分かっている。

「ほんと鈍いな……」

イズディハールは呟き、ルフィナの頬を両手で挟んだ。

「ルフィナがタバールの次期王妃になれば、サンティスの守りは堅くなる、と言ってるんだ。タバール人は何より王家を尊ぶ。婚姻によって王家に迎えられた妃も、尊敬と献身の対象になる。王妃が大切に思う祖国に手を出す国を、見過ごすことはあり得ない」

思ってもみない言葉に、ルフィナは呆然と立ち尽くした。

すぐには言われたことが呑み込めず、頭の中が真っ白になる。

「――……じゃあ、さっきのあれはプロポーズだったの？」

先ほどの告白は、イズディハール個人としてのものだと思っていたが、違うのだろうか。

「ああ、そういえば最後まで言えてなかったな」

彼は琥珀色の瞳を煌めかせ、形の良い額をルフィナの額にコツンとぶつけた。

「好きな女ができた以上、その人以外と添い遂げるつもりはないし、王座を他の誰かに譲るつもりもない。俺が今日までルフィナを直接口説けなかったのは、タバールに迎え入れる準備が整ってなかったからだ。俺の片思いだとしても、関係ない。無責任に想いを伝えることはできなかった」

イズディハールの声に情熱が籠る。

好きな女、というのは、間違いなくルフィナのことだろう。

『本当に好きなら、何故一人の時に会いにこないの？』――かつてルフィナはそんな疑問を抱いた。その答えを明確に提示され、頭がくらくらする。

イズディハールはどれだけそうしたくても、できなかったのだ。

ルフィナに対し、どこまでも誠実であろうとした彼に、計り知れない愛おしさを覚える。

「ほんというと、まだ完全には整ってない。でも迎えに行く目途は立ったし、これ以上はどうしても我慢できなかった。……頼むよ、ルフィナ。ドミニクと一緒にいるとこ、もう俺に見せないで」

イズディハールは最後の台詞を、苦しげに囁いた。

茶会の時の深く傷ついた表情を思い出し、胸が痛くなる。

これまで彼は気ままに振舞っていたように見えたが、明るい態度の陰で本当は苦しんでいたのだと思うと、たまらなくなった。

「ドミニク様は、あなたの気持ちを知っていたのね？」

イズディハールの手に己の手を重ねて、確認する。

彼は恥ずかしそうに視線を逸らし、頷いた。

「薔薇園で会った次の日かな。ドミニクとカミーラが会う番だったから、俺が妹の代わりに行ったんだけど、その時にルフィナをどう思うか聞いたんだ。その時はまだ俺も自覚はしてなくて、ただ気になるから聞いたつもりだった。ドミニクはやけに楽しそうだったから、多分色々察したんだと思う」

イズディハールの話を楽しげに聞くドミニクの姿が、容易く浮かんでくる。

ドミニクのこれまでの言動を振り返り、ルフィナは納得した。彼がイズディハールの邪魔を許していたのは、イズディハールの恋心を知っていたからだ。

「その時は、『お前ほどの関心はまだ持ってない』と言われて、『そうか、分かった』で終わらせたんだけど、次に二人で会った時は『本気で好きになったから、手を出さないで欲しい』と頼んだ」

イズディハールの打ち明け話に、ルフィナは恥ずかしくてたまらなくなった。

ドミニクが面白がるはずだ。

堂々と自分に釘を刺してきたイズディハールが、ルフィナの気を惹こうとあの手この手を使う様子を眺めるのは、さぞ楽しかったことだろう。

真っ赤になったルフィナを見て、イズディハールは不安げに瞳を揺らす。

「……それ、なんの顔？　照れてるだけ？　それとも、怒った？」

「どっちもよ」

ルフィナは即答し、彼の胸を軽く叩いた。

「嬉しいけど、恥ずかしいわ。これからどんな顔で、ドミニク様に会えばいいの？」

抗議するルフィナの手を取り、彼は悪辣な笑みを浮かべる。

「会わなきゃいい。片思いじゃないと分かったのに、俺がルフィナを、他の男と二人で会わせると思う？」

琥珀色の瞳に浮かぶ獰猛な光に、射抜かれる。

食べられてしまいそう――ルフィナがそう思った時にはもう、唇を塞がれていた。

しっとりと柔らかな感触に、頭がぼうっとする。

初めは軽く触れるだけだったキスは、次第に長くなっていった。

「息、ちゃんとして。苦しくなるよ」

艶めいた声で、イズディハールが注意する。

「でも……、っん、」

どうすればいいか分からない、と言いかけた声は、再び彼の唇に封じられた。

鼻で息をすればいいのかもしれないが、それで鼻息が荒くなったら羞恥で死ねる。

イズディハールは箍が外れたように、何度も、何度もルフィナに口づけた。

強く求められていると分かるだけに抗えないし、何より気持ちいい。

気づけばルフィナも、彼とのキスに夢中になっていた。

深く呼吸しようと口を開けけば、すかさず舌が入り込んでくる。

熱いそれに舌先をくすぐられたルフィナは、びくん、と身体を震わせた。

イズディハールは宥めるように、ルフィナの舌を優しく咥え、ちゅく、と吸い上げる。

途端、背中と腰に甘い痺れが走った。

愛撫されているのは口なのに、わけが分からない。

おずおずと舌を動かし、彼と同じことをしてみる。

イズディハールはくぐもった声を漏らし、さらに情熱的に舌を絡めてきた。

大好きな人の熱と、それに付随する快楽に強く支配され、他のことが考えられなくなる。

「……だめだ、キリがない」

彼は名残惜しそうな声で呟き、ようやく身体を離した。

それからルフィナを改めて見つめ、眉間に皺を寄せる。

「どうして抵抗しないんだ。そんな蕩けきった顔して……俺が相手じゃなかったら、このまま最後までされてるぞ」

深くて甘いキスの余韻で頭がぼうっとし、上手く台詞が聞き取れない。

「だめ、なの？」

何かを問われたのは分かったので、そう問い返す。彼がしたいのならしてもいいのに、とそう思ったのだ。

イズディハールは低く呻くと、首を振った。

「だめじゃない。ごめん、あんまりルフィナが可愛いから、錯乱した」

「……私、なにか変だった？」

不安になったルフィナの問い掛けに、彼は「逆」と答える。

「性的なことなんて何も知りません、って顔してるのに、実は快楽に弱いとか。最高すぎて、色々きつい」

イズディハールが何を言っているかさっぱり分からないが、『快楽に弱い』という言葉だけは理解できた。確かにそうかもしれないが、ルフィナが為す術もなく蕩かされてしまったのは、きっと相手がイズディだから。

もしも相手がドミニクなら、と想像してみる。一瞬で全身に鳥肌が立った。友情を抱いているドミニクですら無理なのだから、他の男なら舌を噛み切るレベルで嫌だ。

「私があんな風になったのは、イズディのせいでしょう？　私だけが悪いみたいに言わないで」

「……は？」

あっけに取られた様子の彼に、ルフィナは頬を赤く染めながらも憤然と言った。

「イズディだから、もっとして欲しくなったのだもの。誰にでも許すわけじゃ――」

「分かった、ほんとごめん。謝るから、それ以上言わないで」

イズディハールが切羽詰まった様子で、ルフィナの話を遮ってくる。

「ほんとに分かった？」

「うん、分かった」

「なら、いいわ」

にっこり笑ったルフィナを見て、彼は深い溜息を吐いた。


その日から、イズディハールは全く遠慮しなくなった。

ルフィナの朝は、まずバルコニーに出て、胡桃を包んだ紙を広げることから始まる。

イズディハールがこっそり夜やって来ては、バルコニーに手紙を投げ入れていくのだ。

『──薔薇園に十四時』


紙にはいつも、待ち合わせの場所と時間だけが記されている。

差出人の名前はなく、甘いメッセージもない。

万が一、ルフィナ以外の目に触れた時のことを考えてだろう。

普段の軽い言動からは想像しづらいが、彼が後先考えずに動くことはない。

思えば、最初にルフィナのところへ忍んできた時も、そうだった。警備の巡回の時間は把握していたし、万が一の際の保険として変装もしていた。

一見、大胆な行動に見えても、その裏には細かな計算がある。

彼と共に過ごすようになって、ルフィナはそれを実感するようになった。

今日だって、そうだ。

午前中はフォルカーが様子を見にやって来た。だが、午後からは他の用が入っているのだという。

「今日は、殿下と会う約束もないよね。ルフィナはどうするの？」

「部屋でのんびり過ごすつもりよ」

「そうか。じゃあ、少しパメラを借りてもいいかな」

フォルカーがどこかへ出向く時、安全な女性の同伴者を欲しがることは、そう珍しいことではない。彼が既婚者であることを知ってなお、群がる蝶は後を絶たないのだ。

妻を伴って来ていない今回は、普段より面倒な目に遭っているのだろう。

「私でよろしければ」

パメラは快く引き受けた。貞操観念が強く、また貴族令嬢でもある彼女なら、フォルカーの同伴者として申し分ない。

「夕方までには帰ってくるから。じゃあ。昼食後に迎えにくるね」

後半はパメラに向かって言うと、フォルカーはあっさり引き上げていく。

昼から二人が出かけてくれたお陰で、ルフィナは誰にも見咎められることなく部屋を抜け出し、薔薇園へ向かうことができた。

ちょうど庭の中心にある休憩所で、イズディハールはルフィナを待っていた。

今日は例のサンティス風の衣服に色付き眼鏡という恰好をしている。帰りは部屋の近くまで送ってくれるつもりで来たのだろう。

「――また、私が後だったわ」

たまには先に来て、あなたを待ってみたい。そうルフィナが言うと、イズディハールは柔らかな表情を浮かべた。

「気持ちは嬉しいけど、それは難しいかな。色々計算して、待ち合わせの時間を決めてるのは俺だし。今日だって、今より早くは来られなかっただろ?」

「確かにそうだけど……」

フォルカーとパメラが出て行くのを待ってから動けば、どうしても今の時間になってしまう。

彼は「色々計算している」と言った。フォルカーの予定を把握していることだけでも驚きなのに、彼がパメラを連れていくことまで予測しているのだから、敵わない。

「あなたが、おにい様を困らせているのではないわよね？」

念の為、ルフィナは確認してみた。

イズディハールはどちらとも答えず、にこ、と無邪気に微笑む。

これは深く追及しない方がいいのだろうか。

だが、大事な家族が困った目に遭わされているのなら、見過ごすわけにはいかない。

考え込んだルフィナを見て、彼は悪戯っぽく瞳を煌めかせた。

「なんてね。俺は誓って何もしてないよ」

「そうなの？」

「ああ。オルランディ卿にまとわりついてるご婦人方の存在を、把握してるだけ。ルフィナが望むなら、速やかに排除するけど？」

彼が『排除』とやらに動けば、そのご婦人方は無事では済まない予感がする。

「何もしなくていいわ。おにい様もいい大人なんですもの。目に余るようなら、ご自分で対処なさるでしょう」

「だろうね。見た目通りの優男じゃなさそうだし、俺も気をつけないと……」

イズディハールは呟き、憂いを帯びた表情を覗かせた。

「見た目通りじゃない、って、それ、おにい様のこと？」

信じられない気持ちで問い返す。ルフィナの知っているフォルカーは、彼が警戒しなければならないような人間ではない。

イズディハールは「悪口じゃないからね。それくらいじゃないと、一国の次期宰相は務まらないってこと」と答える。

フォルカーがオルランディ侯爵の跡を継ぎ、兄の代の宰相になることは、サンティスでも限られた者しか知らない。

彼の情報網はどうなっているのだろう。味方としてはこれ以上なく頼もしいが、敵には回したくないとルフィナはしみじみ感じた。

「他の男の話は、もういい？　それよりルフィナの話を聞かせてよ」

イズディハールがわざと拗ねた口調で話題を変える。

「私だってあなたのこと、もっと知りたいわ」

「俺のことは、カミーラから色々聞いてるだろ？」

確かにカミーラは、イズディハールの昔のエピソードを披露してくれた。

だが最近は、殆ど会えていないのだ。

ドミニクとカミーラの三人で会う予定があっても、約束の場所へ赴けば、そこには必ずイズディハールが一人で待っている。もともと今回の花嫁選びに乗り気ではないドミニクは、どうやら進んで彼と交代しているようだ。

「そんなに沢山は聞いてないもの。教えてもらったのは、大叔父様の馬の話と、あなたがすごくモテていた話くらいよ」

「あいつはほんとに……」

しかめっ面をしたイズディハールに、ルフィナはくすくす笑った。

「どんな美人に言い寄られても、『適当に相手はするけど、決して深入りはしないし、させなかった』ってカミーラ様は言っていたわ。そうなの？」

「んー、まあそんなとこ」

曖昧な返答に、ルフィナは少しだけ不安になった。

「実は、秘密の恋人がいた、とか？」

「秘密の恋人ならいるよ、ここに」

イズディハールは優しく微笑み、ルフィナの手を取る。

手袋越しに伝わってくる体温に、ルフィナは懐柔されることにした。

出会ってもいない頃の話にやきもきするなんて、よく考えたら馬鹿げた話だ。

「言いたくないなら、もういいわ」

「言えないような過去はほんとにないよ。単に、ルフィナの前で他の女の話をしたくないだけ。理由は、俺なら相手の男を殺したくなるから」

冗談めかした口調だが、イズディハールの瞳は笑っていない。

深い執着の気配に、ルフィナは甘美なときめきを覚えた。

不穏極まりない台詞なのに、そこまで嫉妬して貰えるのが嬉しくて仕方ない。

「あなたを殺人者にしなくて済みそうでよかったわ」

「ほんとに？」

「本当よ。サンティスの王女は初めての縁談が来るまで、完璧に清らかじゃなきゃいけないの。言い寄られるどころか、身内以外の男性と親しく話したことすら一度もないから、安心して」

ルフィナの説明に、イズディィは安堵の息を吐いた。

「こればかりは、サンティスのしきたりに感謝だな」

「タバールの王族にも同じしきたりがあったら良かったのに。私だけ何の経験もないのは、不公平だわ」

思ったままを口にすると、イズディハールは握っていたルフィナの手を一旦離し、指を絡める形に繋ぎ直した。長い指が、ルフィナの手をぴったり包み込む。

「俺の今と未来だけじゃ、足りない？」

彼は、指の腹でルフィナの手の平を撫でながら、顔を覗き込んできた。

手を触られているだけなのに、頬がかあっと熱くなる。

琥珀色の眼差しが纏う強い色香に当てられ、動けなくなった。

「……足りてるわ」

乾いた唇を開き、小さく答える。

イズディハールはルフィナを見つめながら、熱っぽく囁いた。

「あと少しが、すごく待ち遠しいよ。ドミニクの花嫁候補じゃなくなったら、俺がどれほどルフィナに夢中か、思い知らせてあげるのに。俺の本気が分かれば、過去なんてどうでもよくなる。その時は嫌がっても止めないから、覚悟しといて」

焦がれるような視線と声に、誘惑される。

今すぐ彼に身をすり寄せ、キスを強請りたい衝動に襲われたルフィナは、理性を総動員して己を律した。

イズディハールから目を逸らし、こほん、と空咳する。

真っ赤になったルフィナに満足したのか、彼も姿勢を戻して前を向いた。

手は繋がれたままだが、思わせぶりな愛撫は止まっている。

「俺の話はしたから、次はルフィナの番だ」

「そうね、どんな話がいいのかしら」

「アドリア王女が絡まないやつがいい。ルフィナの姉さんがすごい人なのは、もう分かったから」

シスコン振りをからかわれたルフィナは笑ったが、アドリアを登場させてはいけないとなると途端に話題が狭まることに気づき、真顔になった。

「それ、すごく難しい……私、ほんとにお姉様のことばかりだったのね」

「身近に出来のいい血縁がいれば、そうなるのも分かるけどな。公務とか勉強以外の時間は、何をしてたの？　刺繍と読書以外で」

見かねたイズディハールが助け舟を出す。

その話はできればしたくなかったが、他に話せることが見つからない。

ルフィナは渋々、正直に答えることにした。

「剣を振り回したり、馬に乗る練習をしたりしてたわ」

彼は意外そうに目を丸くしたが、すぐにふわりと微笑む。

「いいね。すごくいい」

「といっても、少しだけよ？　息抜きに遊んでただけ」

「師にはついていなかったの？」

「お父様が許すはずないじゃない。全部、見よう見まね。でもすごく楽しくて、一番好きな時間だった。私専用の片手剣も持ってるのよ？　お姉様が特注で作らせて贈って下さったの。欲しいなんて一言も言ってないのに、気づいて――……」

いつの間にか、アドリアの話になっている。ルフィナはハッと口を噤んだ。

そんなルフィナを見て、イズディハールが噴き出す。

「いいよ、もう。好きに話して」

「うう……そんなつもりなかったのに」

「今の話は、聞けて良かった。アドリア王女もルフィナのこと大好きなんだな」

彼の優しい眼差しに、ルフィナは嬉しくなった。

「ええ。お兄様もよ。二人とも、私の大切な家族だわ。もちろん、フォルカーもね」

フォルカーとは、子どもの頃から兄妹同然に育ってきた話をすると、イズディは納得したように頷いた。

「道理で距離が近いわけだ。色恋めいた雰囲気はないし、呼び方からもそうじゃないかと思ってた」

「色恋なんて、あり得ないわ。おにい様はああ見えて、奥様一筋なの。あなたも仲良くなったら、嫌と言うほど惚気を聞かされるわよ」

「いいね、早く聞きたい」

イズディハールは心底そう願ってるといわんばかりの口ぶりだった。

ルフィナの胸がズキリと痛む。

彼と同じ未来を望む気持ちに、嘘はない。

だが口で言うほど、ルフィナは楽観的にはなれなかった。

父のタバール嫌いは、筋金入りだ。どれほど言葉を尽くしても、父に彼との仲を認めさせることはできないのではないかという不安が拭えない。

「――私は、何もしなくていいの？」

ルフィナの問いに、イズディハールは「ん？」と首を傾げる。

「私はまだ、何もしてない。このままでいいのか不安になって……」

「今は動かない方がいい。少なくとも、結婚記念パーティが終わるまでは」

彼は声を低めて言った。

珍しく真剣な声色に、ルフィナは「分かった」と素直に頷く。

イズディハールは握った手に軽く力を込めた。

「まずはこっちの受け入れ態勢を整えてから、正式に貰い受けに行く。サンティス王の許可を取らず攫う方が手っ取り早いし、父と五家の溜飲も下がるだろうけど、ルフィナから家族や王女としての誇りを奪えば、きっと後悔する」

「……あなたが後悔するの？　あなたを選んだ私ではなく？」

不思議に思ったルフィナが問えば、イズディハールは切なげに唇の端を曲げた。

「後悔するのは俺だよ。無理やり自分のものにしたって、ルフィナが笑えなくなるんじゃゃ意味がない。俺が欲しいのは、ルフィナの全部だ。……心から笑って、泣いて、怒るルフィナと、喧嘩したり、仲直りしたりしながら、ずっと一緒に生きていきたい」

心の籠った告白に、ルフィナは何も言えなかった。

胸がいっぱいで、言葉が出ない。頷くだけで、涙が溢れてしまいそうだ。

正面を向き、唇を引き結んで耐えるルフィナの頭を、彼はいつかの夜のようにくしゃりと撫でた。

◇◇◇

結婚記念パーティまで二日を切ったその日。

ルフィナは、貴賓館の一階にあるティールームで、ドミニクと歓談する予定だった。

だがドミニクは、やって来たルフィナに挨拶をすると、すぐに退室してしまう。

代わりに部屋に入ってきたのは、イズディハールだ。

ドミニクが去る前に人払いをした為、広いティールームは貸し切り状態だった。

「いよいよ明日だね」

イズディハールは、顔を合わせるなりそう言った。まだ二人とも、テーブルの脇に立ったままだ。

どうやらゆっくりお茶を飲む時間はないらしい。彼の態度からそう察したルフィナは、緊張した面持ちで頷いた。

明日、ドミニクは婚約者を選ぶことになっている。

イズディハールはその話をしに来たのだろう。

彼はルフィナの両手を取り、ぎゅ、と握った。

「明日は何が起こっても、俺とドミニクを信じて静観していて欲しい」

「……何が起こるの？」

「それはサディク次第かな。悪いようにはならないと思いたいけど、これぱっかりは蓋を開けてみないと分からない」

カミーラの件だ、とすぐに気づく。

最近の彼女は、ドミニクを避けない。三人で会う予定の時は、もっぱらドミニクとカミーラで歓談しているらしい。彼女はもうサディクのことを諦めてしまったのではないか、とルフィナは密かに気を揉んでいた。

「カミーラ様のご様子は？」

小声で尋ねると、イズディハールは困ったように首を振る。

「分からない。なるようにしかならないと割り切ったように見えるけど、どうだろう。小さい頃からサディクしか見ていなかったのに、いきなり割り切れるとは思えないな」

「そうよね……」

ほんの短期間のうちに恋に落ちたルフィナとは、降り積もった想いの量が違う。

だが長年抱えてきたからこそ、疲れてしまった、ということもあり得るのではないだろうか。カミーラと接した時間は少なすぎて、彼女の本意を推し量ることはできない。

ルフィナにできるのは、カミーラが心から納得できる結末を迎えられるよう、祈ることだけだ。

「まあ、あれでダメならドミニクに貰ってもらう。結婚してから芽生える情もないわけじゃないだろうし」

イズディの言葉に、ルフィナは複雑な気持ちになった。

彼の言う通りだと同意する気持ちが九割。

残りの一割は、『それなら私たちも、そうだったのではないか』と思う気持ちだ。

「どうした？　何か気になることがあるなら――……」

彼の問いかけは、突然開いた扉の音で途切れた。

ルフィナは素早く手を引き、彼から距離を取った。

今日のイズディハールは、タバール風の出で立ちをしている。

眼鏡で瞳は隠しているが、カミーラを知っている者が見れば、彼が誰なのかすぐに分かるだろう。それほどイズディハールとカミーラは似ているのだ。

「……なんだ、サディクか」

イズディハールはホッと息を吐き、頬を緩める。

サディクは丁寧に扉を閉め、ゆったりとした足取りでこちらへ近づいてきた。思い詰めた表情を浮かべた彼は、ルフィナから視線を外さない。

用があるのは、イズディハールではなく自分だと、ルフィナは察した。

イズディハールも彼の異変に気付いたらしく、ルフィナを守るように一歩前へ出る。

サディクは、立ちはだかるイズディハールの前で足を止めると、後ろに立つルフィナに向かって話しかけた。

「サンティスのルフィナ殿下にお願いがあります。これ以上、イズディハール様にかかわるのを止めてください」

サディクは最初から、ルフィナを良く思っていないことを隠そうとしなかった。

イズディハールと両想いになった後は、会う機会自体なくなった為、彼が現状をどう思っているのか不明だったのだが——。

(やはり、納得はしていなかったのね)

ルフィナは唇を噛み、険しい表情のサディクを見つめ返す。

部屋に広がる沈黙を破ったのは、イズディハールだった。

「何を言いに来たのかと思えば……。ルフィナへの求婚を、お前の父は承認したぞ。家長に背くつもりか？」

ルフィナからは、イズディハールの背中しか見えない。だが彼が怒っていることは明らかだ。動こうとしないサディクとの間に、見えない火花が飛び散る。

サディクはイズディハールの問いには答えず、ルフィナをひたと見据えた。

「こちらへ来る前、イズディハール様には縁談がきていました。エトルディア帝国の第一王女とのお話です。今回の外遊が終われば、イズディハール様はその方と結婚するはずだった。あなたとは違い、五家が諸手を挙げて賛成する相手です」

エトルディア帝国といえば、シュレンドルフと並ぶ東の大国だ。国力、軍事力、経済力の全てにおいて、サンティスを遥かに超えている。どちらと縁を深めるのがタバールにとって有益か、論じるまでもなく明らかだ。

何を言われてもいいよう構えていたルフィナだが、これにはさすがに衝撃を受けた。

イズディハールは、サディクをきつく睨みつける。

「昔の話を、今更蒸し返して何になる。エトルディアとの縁談は、とっくに辞退した。向こうの婚約者候補は俺だけじゃなかったことは、お前も知ってるだろ」

「そうですね。ですが最有力候補は、イズディハール様でした。あちらの王女殿下も、イズディハール様との婚約に乗り気だったと伺っています。実際にお会いになった時、王女殿下はイズディハール様に一目で惹かれたとか」

イズディハールが言い返さないところを見ると、おそらく事実なのだろう。

姉は会わずに断ったが、エトルディアの王女は彼と会ったのだ。

二人がどんな会話を交わしたのか知りもしないうちから、激しい嫉妬の炎に心を炙られる。ルフィナは醜い感情を表に出すまいと、殊更平然とした顔をしてみせた。

「こちらへ来る前ということは、そのお話が白紙に戻ったのは、私のせい？」

ルフィナの問いに、サディクは「そうです。あなたに会って、イズディハール様はおかしくなられた」と悔しげに答える。

「終わった話だ。聞く必要はない」

イズディハールは一刀両断し、ルフィナを抱き寄せようと手を伸ばす。

その手をやんわり押し戻し、ルフィナは首を振った。

「私はそうは思わない。カザーフ家の跡取りと、互いに思っていることを忌憚なく話せる良い機会だわ。そうでしょう？　サディク」

ルフィナの凜とした声にサディクは一瞬たじろいだが、すぐに態勢を立て直し、糾弾を再開する。

「ルフィナ殿下を娶る為、イズディハール様は本来なら下げずに済む頭を、何度も下げる羽目になるでしょう。結婚したあとも、そうです。タバールを虚仮にした国の王女を、どうしても、と請うて貰い受けたのだと、我が主は陰で笑われることになる。ルフィナ殿下、あなたのせいで！」

「……下がれ、サディク」

　地を這うような声で、イズディハールが警告する。

　彼から溢れ出る殺気に、ルフィナまで気圧されそうになった。

「イズディハール様、どうか目を覚まして下さい！　今ならまだ間に合います！」

「下がれと言っている！」

　イズディハールは叫ぶと、サディクの襟首を摑み上げ、思いきり突き飛ばした。

　たまらず床に倒れ込んだサディクは、非難がましい眼差しで主人を見上げる。

　その時、厳かな声が辺りに響いた。

「私の前で、荒事はやめて」

　短い言葉だが、聞く者を従える力に満ちている。

　サディクに殴りかかろうとしていたイズディハールは、ぴたりと腕を止め、声の持ち主であるルフィナを振り返った。

　ルフィナは静かに彼を見つめ返す。

　イズディハールはサディクの襟首から手を離し、ルフィナの前から一歩退いた。

　毅然と頭を上げたルフィナは、本物の女神のようだった、と後《のち》に彼は話した。

　その時のルフィナは、激しく怒っていた。

何に対して怒ったのかといえば、サディクがイズディハールを侮ったことだ。

イズディハールは正しく自分の気質を理解している。

幾ら条件が良い相手だろうと、愛する女を捨ててそちらを選べば、それは彼の心の死を意味すると、分かっているのだ。

『王座を他の誰かに譲るつもりもない』と宣言した彼のこと。己の心を守ると同時に、タバールを今より繁栄させると決意していることだろう。サンティスの王女を娶ったせいで、などと誹られることのないよう、為政者として全力を尽くし、そして必ず彼の思い描く未来を摑むはずだ。

長年イズディハールの傍にいたサディクに、それが分からないはずがない。

王家を守る剣《カザーフ》の跡目を継ぐ身であるならなおのこと、主人の決意を信じ、支えようとするのが真の忠誠ではないのか。

今のサディクには大局が見えていない、とルフィナは断じた。

「――イズディハール様は、次代の王妃を、一時の気の迷いで選ぶような愚か者ですか？」

ルフィナの苛烈な問いかけに、サディクは息を呑んだ。

灰銀色の瞳が、答えられない彼をまっすぐ射抜く。

「イズディハール様の決断と決意を蔑ろにして、自分の理想を押しつけるのが、あなたの忠誠ですか？」

初めは強気に見つめ返していた彼の視線が、次第に下がっていく。

ルフィナはそれ以上、何も言わなかった。

自分のやったことを客観視してみろ、といわんばかりの態度で、じっとサディクの返答を待っている。

やがて彼は、がくりと項垂れた。

「……いいえ、殿下。私が思い違いをしておりました」

そう言ってサディクは片膝をつき、深く頭を垂れる。

ルフィナはふ、と肩の力を抜き、表情を和らげた。

「いけすかない国の王女が我が物顔で主人の隣にいるのですもの、あなたの憤りも分かります。ですがどうかこれからは、私を選んだイズディハール様に免じて、私自身を見てもらえませんか。その上での諫言ならば、喜んで耳を傾けます」

心からそう言うと、サディクは「はい。数々の無礼を、どうかお許し下さい」と俯いたまま答える。

消え入るような声に、羞恥に赤く染まった耳。

己の浅慮が恥ずかしく、顔を上げることができないのだとルフィナには分かった。

「間違っていたとはいえ、主人を深く思っての行動。今回の非礼は不問とします。サディクはここへは来なかった。イズディハール様も、よろしいですね？」

脇に控えたイズディハールに視線を移し、確認する。

「仰せのままに、我が姫」

彼は満面の笑みを浮かべ、感謝と愛情の籠った声で答えた。


その夜、ルフィナはパメラを居間へ呼び、同じソファーに座らせた。

パメラは嬉しそうに両手を合わせ、ルフィナを見つめる。

「久しぶりですね、姫様とこんな風に話すのは」

彼女に隠してきた沢山の事柄が一気に思い浮かび、罪悪感となって襲ってくる。

思えば、忠実な侍女であり大切な友人に、随分心無い真似をしてきたものだ。

昼間の件で、ルフィナも気づいた。

これからも共に居たい人とは、しっかり向き合った方がいい。

サディクとイズディハールは道を分かたずに済んだが、あのまま拗《こじ》れていれば、主従の絆は取り返しがつかないところまで傷ついていたかもしれない。

「これから私が話すことは、どうか誰にも言わないで欲しいの」

ルフィナは真剣な面持ちで、切り出した。

パメラも、ただ事ではないと察したのだろう。表情を引き締め、しっかりと頷く。

「姫様がそう仰るのでしたら」

「フォルカーに問われても、言わないと約束できる？　お父様の名前を出されたとしても、知らない振りができる？」

『今は動かない方がいい』――そうイズディハールには言われている。

パメラが外に漏らせば、彼の計画の邪魔になる可能性があるのだ。くどいようだが、念を押さずにはいられない。

パメラは迷わず、頷いた。

「私の主は、陛下ではなく姫様です。意に染まないことは、決していたしません」

「そう言ってくれて、嬉しい」

ルフィナはパメラの手を取り、カミーラを紹介された日まで遡って、イズディと想い合うようになった経緯を打ち明けた。

「――ドミニク様はとても良い方だわ。人間的にも尊敬できる。でも彼では駄目だった。どうしても、イズディ様でなくては駄目だったの」

パメラに隠していた気持ちを口に出した瞬間、驚くほど心が軽くなる。

彼女が事実を知れば、驚くだろうし、反発もするだろうと予想していたのに、パメラは何も言わなかった。複雑そうな表情で、静かにこちらを見ている。

「その顔、もしかして気づいてた？」

「薄々は……。最近の姫様は、サンティスにいる時より表情豊かに見えました。そわそわと浮かれたり、物思いに沈まれたり。もしや恋をされたのではないかと思っていたのです」

「そうだったのね。気づいていたのなら、聞いてくれてよかったのに」

自分では上手く隠せていたつもりだっただけに、恥ずかしい。

ルフィナがそう言うと、パメラは困り顔になって首を振った。

「姫様がこちらで新たに出会われた男性はドミニク殿下と、もう一人だけ。恋をした相手がドミニク様なら、姫様はすぐに教えて下さったことでしょう。私に明かさず秘めているのなら、それはタバールのあの方だということ。姫様が言えるようになるまで、お待ちしようと思いました」

パメラの推察は当たっている。

彼女はそこまで分かった上で、黙って見守っていてくれたのだ。

「……ありがとう、パメラ。今まで黙っていてごめんなさい」

パメラの深い気遣いに、胸が熱くなる。

イズディは駄目だ、と反対されるのではないか。許されない相手を好きになるなんて、と幻滅されるのではないか――。パメラの気持ちを勝手に決めつけ、不安になった。

もっと早く打ち明ければよかった、とルフィナは後悔した。

「いいえ、言い出せなかった姫様の気持ちも分かります」

パメラはそう言って、ルフィナの手を慰めるように握り返す。

昔から変わらず優しいその声に、ルフィナは泣きそうになった。

「……本当は今でも不安なの。お父様が許してくれるとは、どうしても思えなくて……。それでも私は、イズディ様の妻になりたい。彼と一緒に、タバールで生きていきたい。たとえ二度と、サンティスには戻れなくても――」

そこまで言ったところで、母の顔が浮かんだ。

ついで、アドリアとベルナルド。そして、フォルカー。

父がごく稀に見せる屈託ない笑顔まで浮かんできて、胸がきつく締め付けられる。

あんな父でも愛しているのだと今になって分かり、喉奥が痛くなった。

「姫様、どうか思いつめないで下さい。全てが丸く収まるよう、私も微力ながらお手伝い致します」

パメラは頼もしく請け負った。

それから、悪戯めいた表情で「ですが駆け落ちすると決まったら、私も連れて行ってくださいませね」と念を押す。

ルフィナは思わず笑ってしまった。

拍子に零れた涙の雫を指で払う。

「約束するわ。タバールでも一緒よ」

「はい、姫様」

固く約束した二人は、久しぶりに夜遅くまでお喋りに興じた。
ルフィナは満ち足りた気持ちでベッドにもぐり込み、枕に頭を預ける。
明日、いよいよドミニクは結論を出す。
それがどんなものでも、ルフィナの選択は変わらない。
カミーラもどうか、自分にとって最善の答えを出して欲しい。
ルフィナは心から願い、そっと目を閉じた。

第四章　ようやく結ばれたその後は

翌日、ルフィナはドミニクに呼ばれ、王城へと出向いた。

サロンにはすでにドミニクだけでなく、カミーラとサディク、そしてイズディハールが揃っている。

今日のイズディハールの恰好に、ルフィナは内心驚いた。彼はダンスホールで会った時のような、タバールの正装をしているのだ。

一日でカミーラの血縁だと分かる姿に、動揺せずにはいられない。

サロンの壁際には、ここまでルフィナを案内してきた者をはじめ、数名の使用人が控えている。

（こんなに堂々と姿を晒していいの？）

ルフィナの不安を解消したのは、ドミニクだった。

彼は悪戯めいた表情で、ルフィナとイズディを引き合わせる。

「ルフィナ姫。こちらは、タバールのイズディハール殿下だ。ありがたくも、明日の祝宴に出席するべく駆け付けてきてくれた。……イズディハール殿下。こちらは、サンティスのルフィナ王女。ひと月前から、私の賓客としてシュレンドルフに滞在してくれている」

ドミニクに紹介されたイズディハールは、胸に手を当て、畏まって一礼する。

「はじめまして、ルフィナ姫。お噂はかねがね伺っておりました。こうしてお会いできて、とても光栄です」

初対面の人に対する態度に、ルフィナは納得した。

どうやらイズディハールはもう『ここに居てもおかしくない存在』になったらしい。

ルフィナも控えめな笑みを浮かべ、優雅に膝を折る。

「はじめまして、イズディハール様。私もお会いできて嬉しいです」

礼儀正しく最初の挨拶を交わした二人を見て、ドミニクは満足そうに頷いた。

それから人払いをして、使用人たちをサロンから退出させる。

事情を知らない者がいなくなるのを見計らって、ドミニクはルフィナたちに座るよう勧めた。

サディクは固辞したが、ドミニクに「それでは私が落ち着かないのだ」と言われ、困った顔で皆と同じテーブルにつく。

「さて。早速だが、私は今日中に、明日エスコートする相手を決めなければならない。皆も知っていると思うが、明日のパーティでは、その相手との婚約が発表される手筈になっている」

ドミニクが早々に本題を切り出す。

『何が起きても静観していて欲しい』とイズディハールは言ったが、ここからどう話が進んでいくのか分からない。

カミーラもルフィナと同じ不安を抱いたらしく、おずおずと尋ねた。

「どちらを選ぶか、殿下は決めておられるのですか？」

「いや、それが全く」

ドミニクは悪びれた様子もなく即答する。ルフィナはドッと脱力した。

ドミニクは肩を竦め、決めていない理由に触れる。

「仕方ないだろう。私は最初に言ったはずだぞ？　もともと、今回の花嫁選びには乗り気ではないと。残念なことに、最後までその気持ちは変わらなかった」

婚約者候補の二人と交流を深めたはいいが、結局はルフィナにもカミーラにも特別な感情を抱けなかったということだろう。

「では、エスコートはなしということになるのですね」

安堵しながら確認すると、ドミニクは渋面を作る。

「それが、そういうわけにもいかなくてな。どちらの姫も辞退していないのだから、どちらかに決めろと父に釘を刺された」

「そんな……」

国王の意見はもっともだが、辞退したくてもできない事情がこちらにはあるのだ。そして、それはカミーラも同じ。

困り切ったルフィナを見て、カミーラは扇を握りしめた。

それから、意を決した様子で口を開く。

「どうしても、どちらかを選ばなくてはならないというのでしたら、私を選んでくださいませ」

きっぱりとしたその声に、ルフィナは危うく声を上げそうになった。

カミーラの表情は悲壮さに満ちている。決して望んで志願したわけではないと、一目で分かった。

反射的にサディクを見遣ると、彼は強張った顔でカミーラを見つめている。

その思い詰めた眼差しに、ルフィナの胸まで苦しくなった。

カミーラはドミニクから視線を離さず、言葉を重ねる。

「殿下もご存じでいらっしゃいますよね？　兄とルフィナ様は、深く思い合っています」

「それはすでに、イズディハールから嫌と言うほど聞かされてる。どれほどルフィナ姫が大切で、愛おしい存在かについて、たっぷりな」

ドミニクは、げんなりした表情を浮かべて答えた。

（そうではないかと思っていたけど、やっぱり……）

最初に直接『手を出すな』と釘を刺しに行ったイズディハールのこと。その後もドミニクにあれこれ話しに行っているのではないかと予想していたが、実際に自分の知らないところで惚気話をされていたと思うと、羞恥で頬が熱くなる。

当のイズディハールは涼しい顔で、聞き役に徹していた。

「彼からは、カミーラ姫にも事情があると聞いていたのだが、あなたは私でいいのか？」

ドミニクの確認に、カミーラは一瞬黙ったが、すぐにしっかり頷いた。

「はい。ですが、先にお話ししておきたいことがございます。すでにご存じかもしれませんが、私が当初殿下を避けていた事情についての話です」

「いや、彼には詳しく聞かなかった。あなたの口から直接話してくれ」

ドミニクは悠然とした態度で、両手を組む。

「大した事情ではないのですが……実をいうと私には、ずっと好きな人がいました」

諦めと切なさの入り混じった顔で、カミーラは告白した。

「ですがそれは、私の一方的な片思いで、全く相手にはされておりません。それでもよければ、どうか私をお選び下さい」

サディクはカミーラを見つめたまま、きつく拳を握り締める。

あの視線に気づかないはずがない。カミーラはあえてサディクを無視しているのだ。

ルフィナはハラハラしながら、彼らの様子を見守った。

「話は分かった。だが私の妃になるのなら、その男のことは完全に忘れて貰わねば困る」

ドミニクは当然のように答える。

「もちろんです。忘れるよう、努力します」

カミーラの声は震えていた。

ルフィナはたまらなくなったが、イズディの言葉を思い出し、きつく唇を引き結んだ。

サディクは、いまだ動かない。

絶望に満ちた表情は、カミーラへの激しい恋情をまるで隠せていない。それなのに彼は、歯を食いしばって耐えている。

ドミニクは短く溜息をつき「……忠誠は尊いものだが、時に度し難いな」と零した。

それから、がらりとその雰囲気を変える。

酷薄な光が、ドミニクの瞳に浮かんだ。

「カミーラ姫は随分と私を買いかぶっているようだが、私もただの男だ。自分の妻の心が自分にはないと知って、どうして優しくできるだろう。そもそも、人の心とはそう簡単に御せるものではない。あなたが過去の恋を思う度、私はあなたを手酷く扱うに違いない。

その覚悟はあるんだな?」

「手酷くだなんて……ドミニク様はそんな方ではありません」

カミーラは信じられないといわんばかりの表情で言い返したが、ドミニクは嘲るように首を傾げる。

「それを買いかぶりだと言っている。あなたは私のことをさほど知らないだろう? 鞭でぶつかもしれないし、食事を抜いて閨に閉じ込めるかもしれない。足枷を嵌めてベッドに繋ぎ、あなたが気を失うまでその胎に――」

ルフィナが抗議するより早く動いたのは、サディクだった。

彼は荒々しく立ち上がると、カミーラの耳を両手で塞ぎ、ドミニクを睨みつける。

「それ以上、汚らわしい言葉を姫の耳に入れないで頂きたい」

「ほう……それは、従者としての苦言か?」

余裕の笑みをたたえるドミニクを、サディクは剣呑な瞳で見据えた。

「いいえ、姫を慕う男からの警告です。彼女を不当に扱う者は、それが誰であろうと絶対に許さない」

今のサディクは、カザーフ家の嫡男ではなかった。

なりふり構わず、カミーラの名誉を守ろうと立ち向かっている。

カミーラの想いは、決して一方通行ではなかったのだ。

呆然とするカミーラを挟み、一触即発の空気が張り詰める。

やがて、イズディハールが噴き出した。

続けて、ドミニクも笑い出す。

ルフィナたち三人は、突然のことにあっけに取られた。

しばらくぽかんとしていたルフィナは、ドミニクが一芝居打ったのだと遅れて気づく。

『何が起こっても』とはこういうことだったのか、とルフィナは嘆息した。

イズディハールはひとしきり笑った後、席を立ち、固まったままのサディクの肩に腕を回した。

「ああ、面白かった。お前のあんな顔、初めて見た」

サディクはようやくカミーラから手を離し、恨めしそうにイズディを見る。

「……嵌めたのですね」

「怒るなよ。ああでもしないと、お前は本音を見せなかっただろ?」

「それはそうですが……！」

「シュレンドルフの盾に真っ向から喧嘩を売るくらい、カミーラのことが大事なら、自分でしっかり守れ」

イズディハールは真顔になって、頑固な忠義者を諭した。

「立場を気にしてやせ我慢してないで、陛下に直接請願してみろ。父はお前に目をかけている。決して悪いようにはならない」

「随分簡単におっしゃいます」

「昔から余所見一つせずに惚れてる女を、他の男に掻っ攫われるよりはマシだろ？」

イズディハールの問いかけに、サディクは観念したように「そうですね」と頷いた。

それから、一人置いてきぼりになっているカミーラに右手を差し伸べる。

カミーラは逡巡したが、結局は彼の手を取った。

「一体、何がどうなったの？　それに昔から、って……」

「これから説明します。少しだけ待って下さい」

サディクはカミーラに向けて優しく言うと、ドミニクに退出の許可を求めた。

「二人で話したいのですが、よろしいですか？」

「もちろん。あとでどうなったか、聞かせてくれ」

ドミニクは柔らかな物腰で答える。

彼の温かな視線は、部屋を出て行くサディクとカミーラの両名に等しく注がれていた。

「――どうやら私の花嫁選びは、失敗したらしい」

三人きりになったサロンで、ドミニクはどこか清々しい顔でそう言った。

「これで大丈夫なのですか？　ドミニク様の立場が悪くなったりは……」

心配になったルフィナが尋ねると、彼は楽しそうに破顔する。

「ルフィナ姫は本当に優しいな。イズディハールが気を揉むはずだ」

「だろう？　これで本人は無意識なんだから、たちが悪いんだ」

イズディハールがここぞとばかりに主張する。

「何の話？　親切にして下さったドミニク様の心配をするのは当然でしょう」

ルフィナが眉をひそめると「そうですねー」と彼は棒読み口調で答えた。

「イズディ様！」

「そんな顔で睨んでも駄目だよ。俺の目の前で、ドミニクを甘やかそうとするルフィナが悪い」

そんなことしてない。いいや、した、と言い合う二人を見て、ドミニクは笑った。

「その掛け合いも明日で見納めだと思うと、寂しいな」

「さすがに、公の場では大人しくしておりますわ」

ルフィナがすかさず訂正する。

「楽しみにしている」

ドミニクは穏やかな口調でそう言うと、ルフィナの問いに答えた。

「私の立場については、心配いらない。もちろん、サンティスやタバールのせいにもしないから安心してくれ。不本意だが、兄のような恋愛結婚がしてみたくなったとでも言っておく」

「助かるよ。ありがとう」

イズディハールは安堵の表情を浮かべ、素直に礼を言う。

ドミニクはにやり、と唇の端を引き上げた。

「一つ、貸しだぞ。イズディハール。有事の際は、遠慮なく援軍を求めるから、そのつもりでいてくれ」

「わかってる。その時は、俺が出る」

「それなら安心だ」

二人の固い握手で、その場はお開きとなる。

ルフィナは蚊帳の外だったが、不思議と寂しくはなかった。

「じゃあ、俺は先に行く。ルフィナを送っていけない立場なのが悔しいけど、今だけの我慢だと思うことにするよ」

イズディハールはそう言うと、ルフィナの耳元で「また後で」と囁き、部屋を退出していく。

「私たちも出よう」

ドミニクに促され、ルフィナはサロンをあとにした。

廊下に出たところでドミニクは立ち止まり、穏やかな眼差しをルフィナに向ける。

「では、私もここで。明日は存分に楽しんでくれ」

ドミニクがルフィナを部屋まで送らないのは、花嫁選びの結末を皆に知らしめる為だろう。ルフィナもそうなると予想し、行きに付き添ってくれたパメラには控え室で待機して貰っている。

遠ざかっていくドミニクの広い背中を、ルフィナは感謝を込めて見送った。

◇◇◇

その日の夜——。

ルフィナはガウンを羽織り、バルコニーへ出た。

『また後で』というイズディハールの台詞の意図を、確認せずにはいられなかったのだ。他の人が言ったのなら、明日以降のことを指していると解釈するのだが、彼には前科がある。

ルフィナはフードを被って髪を隠し、手すりから地面を見下ろした。

誰もいないことに落胆を覚えたのも束の間、視界の端に動くものを捉え、急いでそちらに視線を向ける。

外廊からこちらに歩いてくる人の姿に、ルフィナは破顔した。

他に誰もいないことを確認してから、小さく手を振ってみる。

黒っぽい恰好をした長身の青年――イズディハールは、すぐにこちらに気づき、足取りを早めた。

そこからは、いつかの夜の再現だ。

イズディハールは大木を伝って軽々とバルコニーの傍まで登ると、弾みをつけて中へ飛び込んでくる。

「こんばんは」

以前と同じ体勢で挨拶する彼に、ルフィナはたまらず抱き着いた。

勢い余って押し倒し、手すりにぶつけてしまうかと思ったが、イズディハールはルフィナをやすやすと抱き留め、あぐらをかいて膝に抱き上げる。

彼が背中を丸めてくれたお陰で、視線が同じ高さになった。

「随分情熱的だね。そんなに俺に会いたかった?」

イズディハールはからかいを帯びた口調で言って、ルフィナの瞳を覗き込む。

「会いたかった。すごく、会いたかったわ」

否定されると思っていたのだろう、彼は面食らったように瞬きした。

今夜の彼はサンティス風の恰好をして、例の色付き眼鏡をかけている。そのせいで、ルフィナの大好きな琥珀色の瞳がよく見えない。

ルフィナはそっと辺りを確認してみた。

この体勢なら、よそから覗かれる心配はない。

そう結論付けたルフィナは、イズディハールの眼鏡を両手で外すと、驚きを隠せないでいる彼の瞼に唇を寄せた。

ちゅ、と軽く口づけ、顔を離す。

どうだ、と勝った気分で改めてイズディハールを見れば、彼は愛おしくて仕方ないといわんばかりの顔でこちらを見つめていた。

「もう、ほんとルフィナは……。俺が十代だったら、問答無用で押し倒してたよ」

冗談めいた口調だが、隠しきれない欲望が瞳には宿っている。

彼の放つ強烈な色香に酔ってしまいそうだ。

ルフィナは囁き声で尋ねた。

「そうなの？　今は？」

答えを待てず、もう一度イズディハールの眦に唇を押し当てる。

ルフィナは、彼に会えた嬉しさを全身で表現しているつもりなのだが、それが性的な誘惑になっていることには気づいていない。

とろりと蕩けた瞳に、ほんのり上気した頬。甘い声に、薄く潤んだ瞳。

今のルフィナの全てが、イズディハールを煽っているのだとは思いもしなかった。

彼は軽く息を吐き、ルフィナの火照った頬に手を当てる。

「一応は我慢できてるけど、時間の問題」

イズディハールはそう言って、ルフィナを引き寄せ、噛みつくようなキスをした。

始めから舌がねじ込まれ、ルフィナの咥内を余すところなく蹂躙《じゅうりん》していく。

頬に当てられていた手はするりと頭に回り、逃がさないと言わんばかりに固定された。

ねっとりと絡められる舌に、思考を奪われる。

捕食を思わせる激しいキスに、ルフィナはただ喘ぐことしかできない。

「はぁ…、ぁ…っ」

僅かな隙間を縫って息をすれば、弛緩した唇の端から唾液が零れ落ちる。

イズディハールは見せつけるように舌を出し、零れる雫をぺろりと舐め取った。

それから、再び深く口づける。

ルフィナは、すっかり蕩かされていた。

全身が熱い。胸の先は敏感に尖り、下腹部が甘く疼く。

あからさまな身体の変化に、ルフィナは強い羞恥を覚えた。

「も、…だめ……おしまい、っ」

イズディハールの上着の胸元を握りしめ、首を振ってキスを止めさせようとするルフィナに、彼は低く警告した。

「時間の問題だと言ったのに……。それに今止めたら苦しいのは俺だけじゃないこと、教えてあげる」

イズディハールは一旦唇を離し、今度はルフィナの耳をぱくりと咥える。

つ、と舌先で耳骨をなぞり、耳朶を甘く噛んだ。

「ふぁ、……あっ、」

イズディの腕の中で、ルフィナは切なげに身を捩った。

耳でも感じるなんて、初めて知った。無意識のうちに腰が揺れてしまう。

むずかるルフィナを宥めるように、イズディはもう一方の耳を大きな手で優しく包み、
固い指の腹でさわさわと撫でた。

愛情に満ちたスキンシップは充分気持ちいいのに、決定的な何かが足りない。

どうすれば満足できるのか分からず、ルフィナは涙目になった。

ぐす、と鼻を鳴らせば、イズディは唇を離し、こちらに向き直る。

「ね？　足りないだろ？」

こて、と首を傾げて尋ねるイズディが湛える雄の色香に、ルフィナはくらりとした。

「……何もかも初めてだから、分からない」

正直に打ち明けると、イズディは眉間に皺を寄せる。

何か不味いことを言ってしまったのだろうか。不安になってじっと見つめる。

「なにこれ、可愛すぎるだろ……自制できるかな、俺」

イズディハールは困ったように呟き、ルフィナをぎゅ、と抱き締めた。

「部屋に入っていい？　ここじゃできないこと、いっぱいしたい」

欲情に掠れた声が、すぐ近くで聞こえる。

ルフィナはどうしたものかと考えた。

性的な経験は皆無だが、一通りの知識はある。成人した時に、母が教えてくれたのだ。

――『基本的には結婚した夫婦が互いの合意の上で行うものよ。でも時には、一方的な暴力という形で行われることもあるの。ルフィナにはまだ早いけれど、どんな場合も冷静に対処できるよう、先に教えておくわね』

母はそう前置きし、男女の交わりについて淡々と説明した。

十六歳のルフィナには衝撃の強い話だったが、母の真剣さに気圧され、恥ずかしさを覚える余裕はなかった。

母は『夫婦が行うものだ』と言った。世間では恋人同士にも許されているのかもしれないが、ルフィナの立場ではあり得ない。

ルフィナは答えを出す為にも、問題をはっきりさせることにした。

イズディハールが仄めかしていることが、ルフィナの想像とは違うものなら、悩む必要はないからだ。

「……それって、私を抱きたいということ？」

迷った挙句、一番婉曲な表現で尋ねる。

彼はルフィナを抱き締めたまま、ぴきりと固まった。

数拍置いて、「ルフィナって、時々すごいこと言うよね」としみじみ零す。

「違うの？　なんて聞けばいいか分からなくて」

「いや、合ってるけどさ。ルフィナに誘ってるつもりがないのも頭では分かるけど……」

ルフィナの肩に顎を乗せたイズディハールが、小声でぼやく。

ルフィナは恥ずかしさのあまり、状況も忘れて思いきり否定した。

「誘ってるわけじゃないわ……！」

「しーっ」

彼は腕を解くと、頬を赤く染めたルフィナの唇を片手で覆う。

「分かってる。誘ってるのは、俺の方」

そう言うと手をずらし、今度は両手で頬を包んだ。

「抱きたいよ、ルフィナ。さすがに最後まではしないから、許すと言って？　ほんとは全部俺のものにしたいけど、それは初夜までとっとく」

初夜、という言葉の響きに、ルフィナの胸は高鳴った。

彼が自分との未来を信じ切っていることが伝わってきて、嬉しくなる。

ルフィナはおずおずと琥珀色の瞳を見つめ返した。

「……痛いことはしないのね？」

「ああ、しない。今夜は、一緒に気持ち良くなるだけ」

甘い誘惑に、心が揺さぶられる。

ルフィナはしばらく考えてから、「優しくしてくれるなら、いいわ」と答えた。

最後までしないのなら、純潔は守られるはず――ルフィナは拭い去れない罪悪感をそんな理屈で追いやった。

寝室に入ってすぐ、イズディハールは待ちきれないといわんばかりの性急さで上着を脱ぐと、近くの椅子の背に掛けた。

それから、ルフィナが羽織っていたガウンも脱がせる。

フードの中に押し込められていた長い髪が、サラサラと音を立て流れ落ちた。

イズディハールはルフィナの髪を一筋掬い上げ、愛おしげに口づける。

髪に感覚などないのに、背筋に甘い痺れを感じた。

「できるだけ優しくするけど、夢中になり過ぎたら、ごめん」

彼は先に謝ると、ルフィナを軽々と抱き上げ、ベッドへと運ぶ。

二人寝転んでも十分な広さのベッドの上にルフィナを横たえると、イズディハールはルフィナの上に跨がった。

彼はルフィナを見下ろしながら、シャツのボタンを片手で外していく。

まずは、前ボタンを上から順に全部。最後に腕のボタン。

すっかりはだけられたシャツから、引き締まった肌が覗いた。

しっかりした胸筋から細い腰にかけての線と、薄く割れた腹筋に、ルフィナは無意識のうちに見入ってしまう。

「いいよ、もっと見て。気に入った？」

イズディハールがぺろりと下唇を舐め、尋ねる。

彼は見せつけるようにシャツを脱ぎ、更にはズボンのベルトも外した。

流石に恥ずかしくなって視線を上げれば、ずっとこちらを見ていたらしい彼と目が合った。獰猛な光が宿った琥珀色の瞳に、ルフィナは震えた。恐怖ではない何かが、ぞくぞくと背筋を這い上ってくる。

「ルフィナも見せて」

イズディハールはそう言うと、彼が下敷きにしてしまっているナイトドレスの裾に手を伸ばした。軽く腰をあげて裾を探り当て、わざとルフィナの脚にゆるく押し付けながら、たくし上げていく。

彼の瞳はルフィナから一度も逸れない。

ルフィナはたまらず、自分の目元を両手で覆った。

「恥ずかしい?」

笑みを含んだ声で問われ、こくこくと頷く。

止めて欲しいわけではなかった。ただ、視覚的に耐えられそうにないだけだ。

「そうか。ルフィナの照れる顔、もっと見たいけど、仕方ないな」

イズディハールは何故か楽しそうに言った。

そうしているうちに、鎖骨の辺りまでナイトドレスをたくし上げられる。

「ちょっとだけ、手をどけてくれる? 汚れるといけないから、脱いでおこう」

言われるままに手を上げ、頭から寝間着を抜き取られる間も、ルフィナはきつく目を閉じていた。

「ぎゅっと目を閉じてるの、ほんと可愛い。いっそ目隠しする? ずっと手で覆ってるのも疲れるだろ」

「大丈夫。目隠しは怖いから、しない」

両腕を目の上に乗せ、ふるふると首を振る。

「目を閉じてる時点で、怖いのは同じだと思うけど」

イズディハールは機嫌よく言うと、長い指をルフィナの下着のふちにかけた。

「えっ、ま、っ…て」

「今脱いでおかないと、ぐしょぐしょになるけど、いい?」

ぐしょぐしょ、とは……？

一瞬頭が真っ白になったが、汚れるのは困る。イズディハールと睦み合ったことが誰かに知られたら、大事だ。

「だ、だめっ」

「だろ？　はい、腰あげて」

ルフィナは渋々、彼の言う通りにした。

右の爪先から、するりと下着が抜かれるのが分かる。

今のルフィナは、完全に無防備な状態でイズディハールの眼下に晒されている。

寒くはないが、ひどく心細い。

……おかしい。

視界を塞げば恥ずかしくなくなると思ったのに、最初よりもっと恥ずかしい目に遭わされている気がする。

だが、今更目を開けるのも怖かった。

いつのまにか太腿にあたる感触が変わっているのだ。

目を閉じる前はズボンの生地だったのに、今は滑らかな皮膚の感触がする。

「もしかして、イズディも脱いだ？」

「ああ。着て帰らなきゃいけないし、ちゃんと脱いだよ」

ほら、と言って、イズディハールは上体を前に倒し、ルフィナにぴったり覆い被さってきた。腕の力で身体を支えているらしく、重さはあまり感じない。

だが、肌の感触はしっかり伝わってくる。

密着した瞬間、ドッドッと早鐘を打ち始めた心臓は、しばらく落ち着かなかった。

圧倒的な質量を感じるのは、体格と筋肉のせいだろうか。ルフィナと違って、どこもかしこも硬い。

イズディハールはルフィナが落ち着くのを、じっと待っている。

彼の優しさに、ルフィナは安堵の息を吐いた。自然と身体のこわばりも解ける。

その時になって、ルフィナは太腿の付け根に当たる、ごりっとした塊に気づいた。

気になって脚を動かすと、彼はルフィナの耳元で熱い吐息を漏らす。

「駄目だよ、ルフィナ。ぎりぎりで我慢してるんだから、刺激しないで」

からかいを帯びた口調だが、息継ぎの合間に吐く息は荒い。

その吐息の色っぽさに、ずぐりと下腹部が疼く。

たまらずルフィナは、両脚を擦り合わせた。

それに気づいたイズディハールは、膨れ上がった昂ぶりをぐりぐりと押し当て始める。

上下に動く塊が、太い棒状をしていると気づいたルフィナは、息を呑んだ。

「や、ぁっ」

逃れようと下半身を捻るが、イズディハールに難なく押さえ込まれ、逆に両脚を大きく開かれてしまう。

股の間に腰を割り入れた彼は、ルフィナの両脚を肩にかけ、ぐっと自分に引き寄せた。

熱い手の平で秘所を覆われ、びくりと震える。

イズディハールはその手をやわやわと動かし、怯えるルフィナを宥めた。

「力、抜いて。痛いことはしないから」

言葉だけ聞けば余裕のある台詞だが、目を覆っているルフィナには、イズディが秘める切迫感が伝わってきた。聴覚と触覚が、酷く敏感になっているのだ。

彼も激しく興奮していると分かり、ますます気持ちが昂ってくる。

ルフィナは言われた通り、力を抜いた。

「ん、いいね」

イズディハールは囁き、長い指をそっと動かす。

初めは上の方を優しく撫でていた指が少しずつ下がっていき、やがて秘唇を割り開く。

指を軽く曲げられただけで、くちゅり、と淫靡な水音がした。

「よかった、ちゃんと濡れてる。もしかして、期待してた?」

「そんな、ことない」

「そう?　でももう、とろとろだよ、ここ」

秘唇の間を、指の腹でぬるぬると擦られる。

とある一点を指の先が掠めた瞬間、一際強い快感に襲われた。

「やぁ、んっ」

びくりと腰を跳ねさせたルフィナに、イズディハールは「ああ、たまんない」と囁いた。

彼の指の動きが、更に大胆になる。

長い指が、くちゅ、くちゅと秘所を撫で回し、合間に敏感な芽をやわく突いては、ゆっくり圧し潰す。

「やぁ、…や、っ、あぁんっ」

静まり返った寝室に、発情しきった女の喘ぎ声が広がる。

自分が発しているのだと気づいたルフィナは、目元に当てていた腕を下ろし、両手を広げて口に強く押し当てた。

「……っ、ふっ、…っ」

それでも、絶え間なく与えられる刺激に上がる息は、隠しきれない。

「我慢しなくていいよ、ルフィナ。うんと気持ち良くなって」

イズディハールの楽しげな声に思わず視線を下げてしまう。

琥珀色の瞳と目が合った瞬間、ルフィナは息を呑んだ。

彼の涼やかな目元は、興奮でほんのり赤く染まっている。

荒く吐かれる息は、彼の中で蠢《うごめ》く欲望の強さを物語っていた。

（見るんじゃ、なかった……！）

ルフィナは後悔した。

目に毒なほど扇情的なイズディの姿に、感じる愉悦が更に深まったのだ。

「っ、やぁ…ぁっ」

腰を捻って快楽から逃れようにも、イズディハールの肩にかけられた両脚はびくびくと痙攣するばかりで、思うようには動かない。

彼が見せる官能的な表情と、敏感な部分を容赦なく責める絶妙な指使いに、ルフィナはあっけなく初めての絶頂に導かれた。

「や、あっ、あ、やぁぁっ…っ！」

喉を反らして喘ぎ、凄まじい快感を逃そうとする。

たまりにたまった快感が一気に弾け、頭の中が真っ白になった。

声を出すまいと力を込めていたはずの両手は、いつの間にかだらしなく緩んでいる。

達した後も、絶頂の余韻はルフィナの身体の内側でいつまでも燻った。

イズディハールは近くに脱ぎ捨てたズボンのポケットをまさぐり、ハンカチを取り出した。それで丁寧にルフィナの秘所を拭うと、自分の濡れた指は舌を出して舐め上げる。

なんとも情欲的な後始末を、ルフィナは朦朧《もうろう》としながら眺めた。

羞恥心も湧いてこないほど、ぐったりしている。

彼は肩にかけさせていたルフィナの両脚を下ろし、自分もベッドに寝そべった。

それからルフィナの身体に腕を回して、額に唇を押し当てる。

「すごく可愛かったよ。最高だった」

イズディハールの優しい声に、ルフィナは満たされた気持ちになった。

「……とっても気持ち良かったわ」

これで終わりだろうと思いながら感想を言うと、イズディハールはくす、と笑う。

「言っとくけど、まだ終わりじゃないから」

「え……？　でも……」

「ルフィナはイったけど、俺はまだだし——」

イズディハールはそう言うと、ルフィナの白い乳房をやんわり手の平ですくい上げる。

彼は親指を伸ばし、まだ尖ったままの乳首をくにくにと弄った。

「んっ、」

びくりと震えたルフィナを見て、イズディハールは唇の端を引き上げる。

「それにルフィナも、もっと気持ちよくなりたくない？」

なりたくない、とは言えず、唇を噛む。

彼は、どうする？　というようにルフィナの瞳を覗き込みながら、乳房への愛撫を続けた。敏感な乳頭を指の腹で優しく刺激されているうちに、ルフィナの身体は再び熱を帯びてくる。

「だめ、また声、でちゃ、う」

先ほど感じたような強烈な快感に襲われたら、今度はもっとあられもなく乱れてしまう気がする。

素直にそう申告すると、イズディハールは手を止め、「んー」と思案した。

「俺はルフィナが啼く声いっぱい聞きたいけど、確かに他の部屋まで聞こえるのはまずいな」

こくこく、と頷き、だからもう止めようと訴える。

「じゃあ、次でおしまいにする。中もたっぷりほぐしてイかせたかったけど、さすがにそれやるとシーツが汚れるだろうし、証拠を残すのはまずいだろ？　……零れてくる蜜、全部舐めればいけるかな」

「なに言ってるの……？」

急に理解不能な言語を話し始めたイズディハールに、呆然としてしまう。

「入り口触った感じからすると、俺の大きさだとちょっときついんじゃないかと思って。初夜の前にある程度は慣らしといた方が良くない？　ルフィナだって、最初から気持ちいい方がいいだろ？　痛いのは嫌だと言ってたし」

彼は丁寧に説明しているつもりだろうが、初心なルフィナには刺激が強すぎた。

脳が理解を拒み、途中から何を言っているか全く分からなくなる。

分かったのは、止めなければ、胸を触られるよりもっとすごいことをされる、ということだけだ。

「そ、それはまだ早いと思うわ。今夜はイズディが気持ち良くなったら、終わりにしましょう」

ルフィナの決定に、イズディハールはにこ、と微笑んだ。

「分かった、そうしよう。明日のパーティは夜だから大丈夫だと思うけど、ルフィナが起きられなくなっても困る」

そしてどうなったかと言えば――。

イズディハールの膝の上で、ルフィナはびくびくと爪先を揺らした。

声を出したくない、というルフィナに彼は「それならずっとキスしてたらいい」と提案したのだ。

彼は寝そべっていた身体を起こし、おもむろにあぐらをかいた。

それから膝を軽く叩いて、ここに来るよう合図する。

硬く勃ちあがり、膨れた先端から先走りの露を垂らす凶悪なものから、ルフィナはサッと目を逸らした。見てはいけないものを見てしまった感がすごい。

「起き上がれない？　じゃあ、さっきみたいにする？」

イズディハールがからかうように尋ねてくる。

ルフィナは慌てて身体を起こし、膝で立って彼に近づいた。

再び組み敷かれ、秘所を暴かれるのはさすがに恥ずかしい。

視線は上げたまま、イズディにじり寄る。

そうすると、雄の色香全開の綺麗な顔に否応なく視線がいってしまい、胎の奥がきゅんと疼いた。

イズディハールはルフィナの腰を持ち上げると、膝を軽く摑んで広げ、自分の腰を跨がせた。

「もっと、こっち」

腰が引けた状態で膝に乗ったルフィナを、彼はぐっと抱き寄せる。

ルフィナの踵はシーツに、彼の欲望はルフィナの秘所にぴたりとくっついた。

柔らかな恥肉に、先ほど見てしまった昂ぶりがごりっと押し当てられる。

「ん、っ」

反射的に身を縮めたルフィナの唇を、イズディハールは優しく塞いだ。

ちゅ、ちゅ、と角度を変えて、宥めるようなキスをする。

「大丈夫、痛いことはしないから」

十分に手加減された口づけに、ルフィナはゆっくり身体の力を抜いた。

「あー……これじゃイけないか。ちょっと待ってて」

彼は小さく呟くと、自分の雄芯に手を添え、秘唇の割れ目に当たるように角度を調節する。くち、くち、と性器同士が擦れる音がした。

イズディハールがその手に握り込んだ肉棒をルフィナの秘唇に擦りつける様は、とても淫らだった。視覚による刺激と、実際に感じるもどかしい快感に、ルフィナは思わず逃げ腰になる。

だが、イズディは空いた手をルフィナの腰に回し、そうはさせまいと力を込めた。

「焦らすなよ」

イズディは低く言うと、ルフィナの耳朶を軽く噛んだ。

「ひゃ、ぁんっ」

鋭い快感が全身を駆け巡る。

「俺も、もう余裕ない。頼むから、逃げるな」

イズディの声は掠れ、張り詰めている。

フーッ、フーッ、と激情を逃がすように吐かれる息は、彼の限界を伝えていた。

男性の生理的な事情は分からないが、下腹部に感じる張り詰めた昂ぶりはひどく苦しそうだ。

ルフィナはたまらなくなった。

自分を欲しがってすっかり余裕をなくしている目前の青年が、愛おしくて仕方ない。

新たに生まれた感情は、先ほどまで感じていた戸惑いや羞恥を、軽々と超えていく。

ルフィナはイズディハールの首に手を回し、ぐい、と自ら腰を押し付けた。

「え……ルフィ、ナ?」

それから、驚く彼の唇にぴったりと自分の唇を重ねる。

舌を出して彼の下唇をなぞり、薄く開いた隙間に忍ばせた。

すかさずイズディハールも舌を動かし、ルフィナのそれと先端を擦り合わせる。

口づけが深くなるにつれ、彼の腰が小刻みに上下し始めた。

いつの間にか彼の右手は雄芯から離れ、両腕でルフィナをきつく抱き締めている。

イズディハールは背中を丸め、全身でルフィナを囲い込んだ。

ルフィナは彼の腕の中で、途切れなく与えられる快楽を、あますところなく拾った。

「はぁ、っ、ふぁ、んっ」

合わさった唇の隙間から、どちらのものとも知れない喘ぎ声と、飲み込み切れない唾液が零れる。

シーツにつけたルフィナの足はびくびくと跳ねて、揺れた。

(気持ち、いい……イズディ様、好き、大好き)

思考力を失った頭には、二つの感情しか浮かんでこない。

上も下も、ぐちゅぐちゅに蕩かされる。

イズディハールはまるで飢えた獣のように荒い息を漏らしながら、舌を動かし、腰を揺すった。

硬くて太いかりの部分が、小さく尖った秘芽をぐに、ぐにと圧し潰す。

その度、ルフィナは激しい悦楽に堪えきれず、彼の肩に爪を立てた。

やがて腰の動きが激しさを増す。

絶頂が近いのだと、ルフィナにも分かった。

イズディハールはルフィナに深く口づけたまま獰猛に唸ると、ルフィナの手を取り、硬く張り詰めた肉棒へと押し付けた。

それがぬるついているのは自分の愛液のせいだと遅れて気づき、かあっと頭の芯が熱くなる。

「ごめ…っ、いっしょ、にっ」

キスの合間に懇願される。

切迫したイズディハールの声に、ルフィナの秘部はますます濡れた。

おずおずと手の平で包めば、彼は足りないと言わんばかりに、ルフィナの手の上からそれを握った。

表面は滑らかな皮膚の感触をしているが、中に熱い芯を感じる。

大きくてグロテスクな形をしているそれも、イズディハールのものだと思うと、不思議と可愛く思えた。

イズディハールは口づけを止め、ルフィナの肩に額を強く押し当てる。

彼はきつく目を閉じ、ルフィナの手ごと、右手を上下に動かした。

これほど強く擦って、壊れたりしないのだろうか。ルフィナが怖くなった頃、イズディは小さく呻いた。

同時に、手の中にどろりとした液体が吐き出されるのが分かる。

ドクドクと吐かれるそれは、ルフィナの指の間から溢れてしまった。

『証拠を残せない』――イズディハールの言葉を思い出したルフィナは、とっさにもう片方の手も脈打つ欲望に当てた。

「え、ちょ……」

たじろぐ彼には構わず、未だに芯を保ったそれを、ぎゅ、と閉じ込めるように両手で握り込む。

「うぁ、っ」

イズディハールはきつく眉根を寄せ、全身をぶるりと震わせた。

どうやら余計なことをしてしまったらしい。気づいたルフィナは、慌てて手を離そうとしたが、首を振って止められる。

ようやく落ち着いたらしい彼は、近くにあった例のハンカチを拾い上げ、まずはルフィナの手の平を拭った。

それから、バツの悪そうな顔でルフィナを見遣る。

「手、洗ってきていいよ。気持ち悪いだろ」

雄芯で散々つつかれた秘唇は、貯まった熱を逃がすタイミングを失ったままだが、渇望に似た疼きは薄まっている。放っておけばそのうち収まるだろう。

それより今は、シーツを守らなければ。

「一緒に行きましょう。洗面台はこっちよ」

ルフィナはイズディハールから離れ、寝間着を探した。

いくら彼でも、恋人の目の前で後処理をするのは気まずいだろうと配慮したのだ。

無事見つけたナイトドレスと下着を身に着け、ベッドを下りる。

ごそごそと動いていたイズディハールも、ズボンを穿き、シャツを羽織った状態で後からついてきた。

「お風呂を貸せたらいいのだけど、ドレッシングルームの隣にあるの。この部屋から出るのは危険よね？」

「そうだな。外には出ない方がいい」

そんなことを小声で話しながら、まずはルフィナが、それから彼が手を洗う。

イズディハールは最後にハンカチも軽く洗うときつく絞り、ズボンのポケットに突っ込んだ。続けてシャツのボタンを留め始めた彼に、ルフィナは恐る恐る声を掛ける。

「えーと……ごめんなさい。触っちゃいけなかったのね？」

イズディハールは苦笑を浮かべ、首を振る。

「ルフィナが謝ることじゃない。恰好悪いとこ見せたな、って俺が勝手に恥ずかしくなっただけ。ルフィナを気持ちよくさせてあげたかったのに、途中から頭真っ白になった」

素直な告白に、ルフィナは頬を緩めた。

「恰好悪くなんてなかったわ。私も同じだし、すごくドキドキしたもの」

「……ほんとルフィナは優しいね」

「慰めてるわけじゃないのに」

「うん、それも分かってる。ありがと」

イズディハールは甘く瞳を和ませると、ルフィナに近づき、頭のてっぺんに優しいキスを落とした。

彼のシャツのボタンは全部閉じられ、ベルトもきちんと締められている。

後は上着を羽織れば、身支度は完成だ。

「もう帰ってしまうの？」

ルフィナは問わずにいられなかった。

夜はすっかり更け、時計の針は零時を回っている。

そろそろ帰さなければいけないと分かっているのに、心が離れたくないと叫ぶ。

「まだ、いてもいい？」

嬉しそうにイズディハールが問い返してくる。

ルフィナはホッとして「もちろん」と頷いた。

「じゃあ、ルフィナが眠るまで傍にいさせて」

彼はそう言うと、ルフィナの手を取り、ベッドへ戻った。

二人並んで横たわり、互いに向き合う。

ルフィナはリラックスした寝間着姿だが、イズディハールは違う。その格好で寛げるのだろうか、と気になり尋ねると、彼はふ、と微笑んだ。

「それは、さっきの続きをしてもいいということ？」

「ち、違うわ」

したくないわけではないが、シーツを汚さずに愛を交わすのは至難の業だと、今のルフィナは知っている。

「残念。リベンジできると思ったのに」

「イズディ……」

「冗談だよ。困った顔で迷う素振り見せないで。俺がつけ上がる」

イズディハールはそう言うと、ルフィナの頬にそっと手を添えた。

愛おしくて仕方ないと言わんばかりの眼差しと手つきに、胸が温かくなる。

「イズディの我儘なら、どんなことでも聞いてあげたくなるんだもの」

「またそんなこと言って……。ルフィナが今、どれほど俺を試してるか、分からせてやりたいよ」

甘やかな戯言の応酬に、胸がときめく。

「そうなの？　本当はどうしたいの？」

悪戯めかして尋ねたルフィナに、彼は瞳を細めた。

ルフィナの頬に当てていた手を滑らせ、首、鎖骨、胸の間と軽く触れていく。

大きな手は臍の下で止まると、ルフィナの腹部を優しく覆った。

「さっきキスしながら抱き締め合ってた間中、ずっと思ってた。ルフィナの中で果てたい、って。一つになって、いっぱい突いて、ルフィナに俺を刻みつけられたら、どんなにいいだろう、って」

渇望に満ちた声に、触れられた部分のもっと奥が、きゅうと収縮する。

「……初夜には、そうするんでしょう？」

イズディハールの手に、自分の手を重ねて確認する。

「ああ。すごく待ち遠しいよ。身体を繋げたいだけじゃない。こんな風に隠れて逢うんじゃなくて、名実ともにルフィナを俺のものにしたいし、俺もルフィナのものになりたい」

彼はそんな言葉を熱い吐息交じりに零し、ルフィナの額に唇を押し当てた。

「根回しは終わった。あとは俺がタバールに戻って、父と直接話すだけだ。できるだけ早く叶えてみせるから、待ってて」

「もちろんよ。ちゃんと待ってる。イズディが、私の唯一の人だもの」

「ああ、約束だ」

どちらからともなく顔を寄せ合い、触れるだけのキスをする。

二人はそれからしばらく、タバールへ行ったらどんなことをしたいかについて話した。

「私はね。イズディと一緒に乗馬したいわ」

「いいね。遠乗りできるようになるまで、鍛えてあげる」

「手加減はなしでお願いね。あとは、お気に入りの場所を教えて欲しいわ。できるだけ沢山。私と出会う前のイズディを知りたいの」

「ほんと可愛いこと言うよね。それなら、順番に案内するよ。秘密の隠れ家も教えてあげる。サディクにも教えてない、一人になりたい時に行く場所なんだ」

「嬉しい……！　これからは、二人の隠れ家になるのね。私と喧嘩した時の逃げ場所がなくなるけど、それはいいの？」

「いいよ。喧嘩した時も、ルフィナを一人にはしないから」

「傍で文句を言い続けるつもり？」

「そういうこと。ルフィナも喧嘩したからって、一人でどこかへ行くのはなしだよ？　怒るなら、俺の隣で怒ってて」

澄ました顔で肯定するイズディハールに、ルフィナは破顔した。

「今度はイズディの番よ。私と何をしてみたい？」

「俺は、そうだな……。ルフィナがどこにも行かず、俺の目の届く範囲で機嫌よく笑ってくれたら、それでいい」

「ずるいわ。そんなこと言ったら、私が欲張りみたいじゃない」

わざと拗ねた振りで、イズディハールを軽く睨む。

彼はくすくす笑って、ルフィナの頰をつついた。

「もっと欲張りになっていい。俺だって、ルフィナの我儘たくさん聞きたいんだから」

そんなことを優しく言われたら、いくら振りでも拗ねたままでいるのは無理だった。

小声で話しているうちに、ルフィナの瞼が重くなっていく。

うとうとするルフィナを見て、イズディハールが柔らかく微笑む。

「すごく眠そう。我慢せず、寝ていいよ」

「いや……眠ったら、イズディ様は、帰ってしまうもの」

「また、そんな可愛いこと言って……」

彼は我慢の限界だというように、ルフィナをかき抱いた。

息が苦しいくらい、ぎゅうぎゅうに抱き締められる。

「俺も帰りたくない。ほんの少しの間も、もう離れたくない」

かなわない願いだと、二人とも分かっていた。

分かっていても、口に出したかった。

「ずっと一緒にいて。私を離さないで」

ルフィナも精一杯の力でイズディハールを抱き締め返した。

しばらくそうしているうちに、抗えない睡魔が襲ってくる。

力強く温かい腕の中で、ルフィナは眠りの海に沈んでいった。

◇◇◇

翌朝、ルフィナは慌ただしい物音で目覚めた。

物音は、隣の居間から聞こえてくる。

一体何が起こったのか、と眠い目を擦りながら身体を起こすと、枕元に残された走り書きのメモが視界に飛び込んできた。

流麗な文字は、イズディハールのものだ。

気づいた瞬間、昨晩の出来事が一気に脳内に蘇ってきて、頬がかあっと赤くなる。

ルフィナは火照る頬を押さえ、メモを手に取った。

【――またあとで】

メモには、たったそれだけの文字が書いてあった。

イズディハールらしい走り書きに、胸がときめく。

「今日は、ほんとに『またあとで』よね。パーティで会えるんですもの」

小さく呟き、メモを胸に押し当てる。

しばらくそうしていると、扉を控えめに叩く音が聞こえた。

「姫様……起きていらっしゃいますか」

いつもと同じ声掛けだが、声の持ち主が違う。パメラではないのだ。

「起きているわ。待ってね、すぐ開け――……」

不思議に思いながらベッドを下りたルフィナは、大きく目を見開いた。

内鍵をかけていたはずのドアノブが、がちゃりと回ったからだ。

向こう側からマスターキーを使って開けたのだと理解した時にはもう、扉は開け放たれていた。

「おはようございます、ルフィナ殿下。寝起きのところ申し訳ございませんが、今すぐ着替えて下さい」

扉の向こうに立っていたのは、フォルカーだった。

いつもの砕けた口調ではなく、敬語を使っている。

それはすなわち、この場が公に准じているということ。

彼の後ろから姿を現したのは、アドリアだった。

姉は余所行きのドレス姿で、こちらを静かに見つめている。

ルフィナは大きく目を見開き、その場に立ち竦んだ。

何が起こっているかは分からないが、きっと良くないことだ。

「この部屋の荷物を纏めてくれ。終わったら、他の荷物と共に馬車に乗せるんだ」

フォルカーは居間を振り返り、メイドたちに指示を出した。

彼女たちは俯きがちに寝室に入ってくると、鏡台やクローゼットの中身を引き出し始める。

先ほどから聞こえていた物音は、荷物をまとめる音だったのだ、とルフィナは遅れて気づいた。

「昼過ぎには出航します。早急にお召し替えを」

フォルカーはルフィナを一瞥すると、足早に去っていった。

彼の言葉を合図に、メイドの一人が着替えのドレスを手に、ルフィナに近づいてくる。

「ねえ……パメラは？　パメラはどこ？」

「……パメラは捕縛され、連行されました」

旅行鞄に荷物を詰めていたメイドの一人が、顔を歪めて答える。

「国家反逆罪だといって、オルランディ様が……」

「そんな……一体、なんの話!?　あり得ないわ！」

悲鳴交じりの声を上げたルフィナに次に答えたのは、アドリアだ。

「なんの話かは、あなたが一番よく分かっているでしょう？」

思わせぶりな言葉に、ルフィナは息を呑んだ。

アドリアはルフィナを見つめたまま、感情を押し殺した声で続ける。

「お父様は激怒しているわ。今は、大人しくサンティスに戻った方がいい。お願いだから、言うことを聞いて。このままここにあなたを置いてはおけない。これ以上、酷い目に遭わせたくないの」

父が激怒しているというのなら、理由は一つしかない。ルフィナがタバール側と親しく交流していたことを知ったのだろう。

だが、それだけで強制送還されるのは納得がいかない。

カミーラだってドミニクに選ばれなかった。

父の当初の目的は、図らずも達成されたのだ。

「待って、お姉様。なにか誤解が――」

「着替えないのなら、いいわ。誰か、ルフィナにマントを」

アドリアはメイドに視線を流すと、それ以上話すことはないといわんばかりに踵を返す。

「お姉様！」

姉のあとを追おうとしたルフィナを、傍にいたメイドが慌てて引き留めた。

「姫様、どうか……！　どうか！」

「離して、私は行かないわ！」

「それでは、パメラが助かりません！」

メイドは叫び、ルフィナの手にしがみついた。

ルフィナはのろのろとメイドを見下ろす。

「……どういうこと？」

「オルランディ様が仰ったのです。姫様がサンティスに戻らない場合は、パメラをすみやかに処分する許可が陛下から出ている、と……。姫様、パメラは誠心誠意、姫様に尽くしてきました。反逆罪だなんて、何かの間違いです。そんな大それたことをしでかす娘ではないはずです」

メイドはとうとう、その場で泣き崩れた。

他の使用人たちも、ぐすぐすと鼻を鳴らしながら、荷物をまとめている。

「おにい様が、何故そんなことを……」

優しく献身的なパメラを、フォルカーも気に入っていた。

つい先日も、楽しそうに二人で話していたのだ。

それが、急にどうしてこうなったのか、全く意味が分からない。

だが、ここで帰国を拒めば、パメラとは二度と会えないということだけは分かる。

先ほど見たフォルカーは、終始無表情だった。

あれは彼が本気で怒っている時に見せる顔だ。

だが、一体なぜ――!?

どれほど考えても、同じ疑問に行き着く。

とりあえず今は、言われた通りにするしかない。

ルフィナは心を決め、メイドが持ってきたドレスに手を伸ばした。

「分かったわ。すぐに着替えます」

「姫様……！」

メイドは涙を拭って立ち上がり、ルフィナの支度を手伝った。

ルフィナが戻ると決めても、親しい同僚が酷い目に遭わされるかもしれないという恐怖は消えないのだろう、メイドたちの間に漂う沈鬱《ちんうつ》な空気は消えない。

「みんな、安心して。パメラの忠実さは、私が一番良く分かってる。決して酷い目には遭わせないから」

「姫様……どうか、よろしくお願いします」

メイドたちは揃って深々と頭を下げた。

ここへ来た時と同じ形のドレスを纏い、ルフィナは寝室を出た。

アドリアの姿は見えない。ルフィナを待っていたのは、フォルカー一人だった。

「おにい様も私と一緒に戻るの？」

「いいえ、私は姫様の乗船を見届けたあと、こちらへ戻ります。今夜の祝宴に出席するアドリア殿下をエスコートしなければなりませんので」

フォルカーは淡々と答え、ルフィナに手を差し出す。

「……せめて理由を教えてくれるわね？」

ルフィナは尋ねずにいられなかった。

フォルカーはこくりと頷き、「馬車の中で」とだけ答える。

使用人たちの前では話せないのだと察し、ルフィナもその場は引くことにした。

無言で歩いていくうちに、言い知れない不安が湧いてくる。

このまま二度とイズディハールに会えなくなるのではないか、という不安だ。

（そんなわけない……イズディハールは、正式に貰い受けに来ると言って下さったもの。私は一足先に帰って、彼を待つだけ。そうよ、それだけの話よ）

懸命に自分に言い聞かせ、凜と顔を上げる。

貴賓館を出たところで、ルフィナは足を止めた。

前庭を散策しているカミーラとサディク、そしてイズディハールが見えたからだ。

フォルカーにも同じ光景が見えたらしく、低く舌打ちする。

育ちの良い彼が舌打ちするところを、ルフィナは長い付き合いの中で初めて聞いた。

「姫様、こちらです」

ルフィナの手を引く力が強くなる。

唇を噛み、仕方なく御者が準備した踏み台に足を掛けたルフィナを奥に押し込めると、フォルカーも後から乗り込み、御者に合図を送る。

バタン、と無情な音を立て、馬車の扉は閉まった。

ルフィナは我慢できず、窓枠にしがみついた。

最愛の人の姿を、陽の光の下できちんと見ておきたかったのだ。

『必ず迎えに行く』というイズディハールの言葉を信じていないわけではない。

だが、いつになるかは本人にもきっと分からない。少なくともしばらく会えないことは、確かだ。

遠くに見えるイズディハールは、サディクと談笑していた。

やがて彼が笑いながら、ふと気づいた、というように視線をこちらに向ける。

琥珀色の瞳と確かに目が合った。

その瞬間、馬車がガタン、と動き始める。

「――そんな風だから、すぐに気づかれてしまうんだよ」

隣に座ったフォルカーが、憐れみの籠った声で言った。

弾かれるように彼を振り返れば、紛れもない同情を浮かべた表情で、こちらを見ている。

フォルカーは続けて言った。

「最初に会った時、カミーラ王女の正体を見抜けなかったのは、私の失態だね。あの時、気づいていたなら、むざむざ世間知らずの君に近づけさせはしなかった」

カミーラの双子の兄が密かにシュレンドルフに来ていたこと。そして、彼がルフィナと恋仲になったことを、フォルカーは知っているのだ。

彼がいつ、どうやって気づき、確かめたのかは分からない。

先ほど彼が言ったように、ルフィナの態度の変化が一番の要因かもしれない。

だが、今一番確かめたいことは、そんなことではなかった。

「お父様に密告したのは、あなたね……？　パメラは、罪を犯していない。私に言うことを聞かせる為の人質にしたんだわ」

どうか、否定して欲しい。

心の中で強く願いながら発した問いに、フォルカーはあっさり頷いた。

「密告と言われるのは納得いかないけど、そうだよ。私には君への監督責任がある。君が過ちを犯したと知ったなら、報告する義務もね。それに、パメラもどうやら事情を知っていたようだ。知った上で私に黙っていたのだから、全くの無罪ではないんじゃないかな」

「……私は過ちを犯していないし、パメラの主人はあなたじゃない」

ルフィナは歯を食いしばって答えた。

怒りと悲しみ、そして悔しさが胸いっぱいに広がる。

「おにい様に黙っていたのは、悪かったわ。でも、まずはお父様じゃなくて、私に話して欲しかった。どういうことか、直接尋ねてくれたらよかった」

「秘密裏に動いたことで君を傷つけたのなら、私の方こそ悪かった。パメラのことも言われてみればそうだし、過ちを犯したのは確かにルフィナではないね。ただ言い訳をさせて貰えるのなら、まさしく恋は盲目状態の君と、冷静に話し合える気がしなかったんだ」

痛いところを突かれ、すぐには言葉が出てこない。

イズディハールに夢中になり過ぎるあまり、フォルカーの動きに気づかなかったのは、確かにルフィナの過失だ。フォルカーにも事情を打ち明け、味方につけておくべきだった。

「黙るところをみると、思い当たる節があるのかな」

残念そうに零すフォルカーに、ルフィナはカッとなって言い返した。

「確かにおにい様から見たら、不安要素しかない恋かもしれない。でも私は、本気なの。

本気でイズディハール様と結婚するつもりよ。お父様にもそう話すわ」

きっぱり言い切ったが、フォルカーは動じない。

「君の方はね？　でも向こうはどうだろう」

「……どういう意味？」

「イズディハール殿下は、近々結婚するらしい。相手は、エトルディアの王女だそうだ。更に両国が脅威になると、もっぱらの噂だよ」

ルフィナは、フォルカーをまじまじと見つめた。

彼はこれほど悪質な嘘をつく男だろうか、と自問し、すぐにそれはない、と否定する。真剣な顔で本人に突きつけるからには、ある程度確かな情報筋の話なのだろう。

それでも――。

サディクが乗り込んできた時、イズディはきっぱり否定した。

すでに白紙に戻った話だ、と。

それに昨夜、彼とは沢山の約束を交わした。

全身で求め合い、愛を囁き合った。

（あれが全部、嘘だったなんて、信じない。私は、信じないわ……！）

ルフィナは気づけば、滂沱の涙を流していた。

今すぐイズディハール本人に確認できないことが、悲しい。

会って、こんなことを言われたのだと訴えたい。

彼はきっと怒るだろう。

信じたわけじゃないよね？　と、不安が滲む表情でそう尋ねてくるだろう。

「可哀想に……」

フォルカーは呟き、ハンカチを取り出してルフィナに握らせた。

「激怒しているのは、陛下だけじゃない。アドリアもだ」

「え……？」

一体何を言われたのか分からず、瞬きする。

「求婚を断った国の王太子が、復讐の為か大切な妹に目をつけ、いいように弄んだ。しかも弄ばれた本人は、そのことに全く気付いていない。――アドリアが逆上するのも当然だろう？　君が泣いたと知ったら、もっと怒り狂うだろう。私も正直、腹に据えかねている」

「ちょっと待って。おにい様――」

ルフィナはすっかり失念していた。

アドリアとフォルカーは、イズディハールのことを何も知らないのだ。

ルフィナと彼の間にある信頼関係についても、当然知らない。

アドリアに及んでは、彼女とイズディハールの過去のいざこざのせいで、ルフィナが酷い目に遭わされたと勘違いしている。

だから姉は、あれほど頑なにルフィナを国に返そうとしたのだ。

今夜のパーティでイズディハールの結婚にまつわる噂話をもしルフィナが耳にしたら……と考えたに違いない。

「イズディ様は、お姉様やおにい様が思っているような人ではないわ」

ルフィナは果敢に誤解を解こうとしたが、フォルカーはますます痛ましそうに顔を歪める。

「恋人だと信じていた男の酷い裏切りを知っても、君なら、そういうと思った」

どんな聖女だ。

少なくとも、ルフィナはそんな女ではない。

「いいえ、言わない。もしそれが本当なら、一生恨むし、必ず復讐するわ」

「ルフィナ……」

フォルカーはそれ以上見ていられないと言わんばかりに、視線を逸らした。

「彼のことは私たちに任せて、もう忘れなさい。港へ着けば、パメラと合流できる。彼女は無事だし、丁重に扱っているから安心して」

「……それしか安心できることはないのね」

船がサンティスに到着すれば、ルフィナは父王との対決を余儀なくされる。

こうなった以上、どうやって父を説得するかについて考えた方がいいのかもしれないが、イズディハールのことが気になって、なかなか気持ちを切り替えられない。

最後に目にした琥珀色の瞳は、驚愕に見開いていた。

ルフィナが無理やり連れ去られたと知ったイズディハールを想像して、ぶるりと震える。

彼の結婚相手がエトルディアの王女ではなくルフィナなら、困ったことになるのは、アドリアとフォルカーだ。

だが、あの二人も今はルフィナのことで心底憤っている。

（特にお姉様は、一旦怒ると怖いから……最悪の事態にならないといいのだけど）

ルフィナは遠ざかっていく王都の景色を眺め、深い溜息を吐いた。

幕間　フォルカー・オルランディの誤算

港でパメラと再会したルフィナは、ようやく小さな笑みを覗かせた。

数名の護衛をつけた彼女たちを乗船させた後、フォルカーは汽笛を鳴らし、港を離れていく客船を見送った。

それから足早に馬車へ戻り、王都へ帰還するよう御者に申し付ける。

フォルカーは天鵞絨の座席に深くもたれ、はあ、と一つ息を吐いた。

ルフィナの泣き顔を見たのは、あれが初めてだ。

彼女は小さな頃から朗らかで、思う様にならないことがあっても、決して泣かなかった。

二人きりの時にぷりぷり怒って愚痴をこぼすことはあったが、あれほど悲しそうな顔は見たことがない。

イズディハール・ハーフィズ——タバール語で「繁栄・守護者」という意味の名を持つ

青年は、確かに極上の容姿を持っている。

凜々しく涼しげな顔立ちに、美しい琥珀色の瞳。

どんな服も見事に着こなすバランスの取れた長身。

女装すら完璧だった、と思い出し、乾いた笑いが浮かぶ。

フォルカーが気づいた時にはもう、世間知らずのルフィナは、ミステリアスで自由奔放な青年に夢中になっていた。

タバール王子という彼の肩書きは、サンティス国王を酷く怒らせるだろうが、フォルカー自身はその点については特に何も思わない。

フォルカーが気にしたのは、イズディハールがルフィナに本気かどうか。そして彼がルフィナにふさわしい男か否か、という二点だけだ。

密かに彼の身辺を調査させれば、イズディハールには結婚間近の女性がいることが分かった。

直近の見合い相手は、大国エトルディアの王女であること。

王女は、イズディハールを大変気に入ったらしいこと。

それらの情報を入手したフォルカーの行動は早かった。

本国と連絡を取り、アドリアを寄越すよう要請する。

帰国させるルフィナの代わりに、結婚記念パーティに出席する王族が必要だった。

ベルナルドが外遊に出ていて良かった。彼は中性的で優美な見た目とは裏腹に、かなり血の気が多い。普段は理性的に振舞っているが、一度キレたら手が付けられないのだ。末の妹がタバールの王子に弄ばれたと知れば、周囲の制止を振り切り、直接決闘を申し込むだろう。

アドリアはすぐに了承の旨をしたためた手紙を送ってきた。

彼女もまた苛烈な性格を内に秘めた女性だが、ベルナルドほど直情的ではないし、何より強い自制心を備えている。

どんな時もサンティスの王女らしく振舞うことにかけては、天性の才があった。

アドリアなら、イズディハールと直接会うことになっても、表向きは冷静に振舞うことができるだろう。

残念ながら、今回の件で表立ってタバールを糾弾することはできない。

サンティスの王女が、シュレンドルフの第二王子との縁談中に、他国の王子と通じたなど誰にも知られるわけにはいかないのだ。

イズディハールもそれが分かっているからこそ、秘密裏に逢瀬を重ねたのだろう。

万が一サンティス側に知られても、どうせ何もできないと、陰で笑っていたのかもしれない。

――『イズディ様は、お姉様やおにい様が思っているような人ではないわ』

銀灰色の瞳を潤ませ、懸命に弁護しようとしたルフィナの表情を思い出し、フォルカーは落ち着かない気持ちになった。

ルフィナは確かに世間知らずだが、決して愚かではない。

イズディハールの結婚の話を聞いて一度は泣いたが、その後はすぐに立ち直り、何とかフォルカーを翻意させようとしていた。

『おにい様の無事を祈ってる』

乗船口でこちらを振り返り、ルフィナはそう言った。

全てを見透かすような眼差しと、落ち着き払った態度が、言い知れない不安をフォルカーに運んでくる。

「……いや、考えすぎだな」

フォルカーは独り言ち、首を振った。

だが、考えすぎではなかったことは、その後すぐに判明した。


(――嘘だろう?)

貴賓館前に到着した馬車を降りたフォルカーは、両開きの大きな扉の横にもたれて立っている青年を見て、大きく目を見開いた。

そこにいたのは、イズディハールだった。

壁から背を離し、まっすぐ立った彼は、剣呑な表情を隠そうともせずこちらを見据えている。

馬車が出る前、イズディハールがここに居たことは知っていた。

だがそれから、軽く五時間は経っている。

(まさか、あれからずっと私の帰りを待っていたのか？　いや、そんなはずは……。そもそも私が戻ってくるとは限らないのに……)

意表を突かれたフォルカーは、その場で立ち竦んだ。

彼は迷いのない足取りでフォルカーの前まで来ると、琥珀色の瞳を光らせ、口を開く。

「ルフィナをどこへやった」

名乗りもしなければ挨拶もしない。

普段のフォルカーなら、なんと礼儀知らずな、と冷笑を浮かべるところだが、今、その余裕はなかった。

イズディハールは今にもフォルカーを引きずり倒し、首を刎ねそうな殺気を放っているのだ。彼の腰に剣がないことを確かめ、一瞬はホッとしたが、どこかに短剣を潜ませている可能性もある、と考え直す。

フォルカーは慎重に立ち位置を変え、イズディハールから距離を取った。

「突然、何でしょう。まずはお名前をお聞かせ頂けますか？」

何とか体勢を立て直し、慇懃に尋ねる。

一国の王子が周囲の目のある場所で、他国の貴族をこうして詰問している理由については、部屋に戻ってゆっくり考えようと決意した。

「茶番に付き合うつもりはない。ルフィナに何をしたか、今すぐ答えろ」

イズディハールの語気は、ますます強まる。

こちらが一方的に責められている状況に、フォルカーは苛立ちを覚えた。

「……王女殿下ならば、帰国なさいました」

怒りに任せて、口元に嘲笑の笑みをはく。

「どうやら、私が気づかぬうちに、悪い虫がついていたようです。姫様には素晴らしいものに見えていたようですが、実際は下劣極まりないものだと判明しましたので、すみやかにその虫から引き離し、避難させました。もっと早く気づいて差し上げるべきだったと、大変後悔しているところです」

フォルカーの挑発に、イズディハールは瞳を瞬かせた。

それから眉根を寄せ、「意味がわからない」と吐き捨てる。

「ルフィナがあれほど慕うのだから、もっとまともな男だと思っていた。お前にとって俺は、タバールというだけで害虫か」

フォルカーは唖然とした。

結婚を控えた身でありながら、他国の王女に手を出し、あまつさえ結婚まで匂わせていたことに、全く悪びれた様子がない。

まるで狂人だ、と驚愕し、数秒遅れて、いや待てよ、と思い直す。

「……我が主ならばそう言うかもしれませんが、私は違います。出自や肩書など、どうでもよろしい」

試しに本音を口にしてみる。

イズディの眉間の皺はますます深まった。

「それが本当なら、一体何が気に入らない。妹のように可愛がっていた娘が、自分に隠れて男を作ったからか？」

一国の王子とは思えないほど明け透けな言い様に、頭が痛くなる。

だが、フォルカーが抱いた疑念の答えは近づいた。

「あなたがおっしゃるような気持ちが全くないとは言いません。ですが、幼い頃から大切に見守ってきた王女殿下の幸せを、邪魔しようなどとは思うはずがない。……もちろんそれは、姫様のお相手が、他の女と結婚の約束をしているクズ野郎でなければ、の話ですが」

最後の台詞は、わざと区切ってはっきり発音する。

一瞬あっけに取られた顔をしたイズディハールは、前髪をかきあげ、盛大な溜息をついた。

「……サディクか？」

彼が否定をせず、側近の名をあげたことに、フォルカーは心底落胆した。

やはりルフィナは弄ばれていたのだと思うと、強い怒りが腹の底から突き上げてくる。

「いいえ。特定の人間から情報を得たわけではありません。ですが、間違いではなかったようですね。アドリア殿下に袖にされた腹いせですか？　随分、器の小さいことだ」

そう吐き捨て、思いきり睨みつける。

激情をあらわにしたフォルカーを見て、イズディハールは「そういうことか」と呟いた。

それから態度を改め、真摯な表情で口を開く。

「誤解をさせたのなら、悪かった。だが、あなたの得た情報は間違っている。よければ、時間を取って話を聞いて欲しい」

イズディハールの言葉遣いが、丁寧なものに変わっている。

急に態度を豹変させた理由が気になり、フォルカーは瞳を眇めて彼を見つめた。

疑惑が表情に出ているのだろう、イズディハールは更に言葉を重ねる。

「そう警戒しないでくれ。あなたがルフィナを守ろうとして動いたことは分かった。それなら、俺も素直に自分の非を認めるまでだ」

「……あなたの非とは？」

彼への疑惑は殆ど解けているが、念の為に尋ねる。

イズディハールは神妙な顔つきで答えた。

「彼女に夢中になるあまり、周囲が見えていなかったことだ。根回しをするのなら、その対象にあなたもくわえるべきだった。せっかくルフィナが、『兄同然の大切な人だ』と教えてくれたのに、あなたが動くことを俺は予測しなかった」

彼の言葉に嘘はないように見える。どうやらこちら側に多大な誤解がありそうだ。

「殿下の結婚相手とは、誰ですか？」

フォルカーは、単刀直入に尋ねた。これだけは、先にはっきりさせておきたかった。

「私が妃に迎えたいと願うのは、サンティスのルフィナ王女だけだ」

イズディハールは、きっぱり答える。

フォルカーは肩の力を抜き、ゆるく首を振った。

「そういう話なら、私は盛大にルフィナに恨まれることになりますね。……いや、アドリアに叱られるのが先かな」

余所行きの言葉使いを止め、身内に対するように話す。

それからイズディハールを目顔で促し、アドリアが待つ客室に戻るべく歩き始めた。

一体何事かと、遠巻きにこちらを窺っている使用人たちが主人に報告する前に、何でもないと示さなければならない。

イズディハールはフォルカーの隣に並ぶと、ふ、と微笑んだ。

「それは仕方ない。だが、俺にとっては心強い味方ができた。彼女を迎えにいく際の段取りは、もちろんあなたがつけてくれるんだろう？」

　話の内容はもちろん、親しげな口調からも、彼がフォルカーに対し気を許したことが分かる。そんな風に懐かれては、フォルカーも悪い気はしない。

「そうなるでしょうね。陛下のご意向に背くことになったとしても、ルフィナに許して貰う為には、殿下を手助けするしかない」

「サンティス国王については、俺が何とかする。あと、殿下呼びはやめてくれ。俺も他人行儀はやめる。ルフィナにとって兄同然なら、俺にとっても同じだ」

　イズディハールはそれが当然であるかのように言った。

　どこまでも自由な彼に、フォルカーは苦笑を浮かべる。

　距離の詰め方の早急さに呆れる気持ちはあるが、それも彼の魅力なのだろうと思わせられる。ルフィナが好きになるはずだ、と密かに納得した。

「今でも彼女がそう思ってくれているといいのですが……。随分と卑怯な手も使いましたので」

　フォルカーは本音を交えて、そう返した。

　イズディハールは「しょげるなよ。事情が分かれば、ルフィナもきっと俺と同じように思うはずだから」と励ます。

「イズディハール様も、心配で仕方ないのではないですか？」

今でこそ落ち着いているが、フォルカーを待ち伏せていた時の彼は、ひどく尖っていた。目前で連れ去られたのが、単なる遊び相手であれば、ああはならなかっただろう。最愛の人だからこそ、フォルカーが戻ってくるまで動けなかったのだと、今なら分かる。

「まあな。泣いてるかもしれないと思うと、正直気が気じゃない」

イズディは素直に認め、ほろ苦い口調で続ける。

「今すぐ何も心配いらないと慰めたいが、これから手紙を送っても届くのはかなり先だ。その上、取り次いで貰える確証すらない」

嘆息するイズディハールの瞳には、焦燥の色が浮かんでいる。

フォルカーは改めて申し訳ない気持ちになった。

あの時はルフィナを帰国させるのが最善だと思ったが、彼女が言ったように、先にルフィナと話し合えばよかったのだ。

（冷静に話し合える気がしない、などと年上ぶって言ったが、それは私も同じだった）

「二人にはどう詫びればいいか……」

深く悔いるフォルカーの肩を、イズディハールは軽く叩いた。

「詫びは必要ない。さっきも言ったが、そこまでお前を追い込んだ俺の失態だ。俺がフォルカーの立場でも、きっと同じことをした」

彼はさっぱりとした口調でそう言うと、話題を変える。

「これから、アドリア王女に会わせて貰えるんだろう？　叱られると言っていたな」

「多分、そうなります。ルフィナがまだここに居たなら、寛容に許してくれたでしょうが、船は出ましたから」

アドリアは、ルフィナのように癇癪《かんしゃく》を起こす真似はしない。怒っている時も、とても静かだ。だからこそとても怖いのだと、きっとすぐにイズディハールも理解することになる。

「俺が持ってたイメージと全く違う……」

「そのイメージは、ルフィナから？」

「ああ。姉は『月の女神の再来』なんだと、しょっちゅう自慢しては自分を卑下してたよ。フォルカーも小さい頃から彼女の傍にいたのなら、あそこまで拗れる前に何とかしてやればよかったのに」

「何とかしようとしましたよ。ですが彼女のシスコンぶりは、陛下譲りなんです。簡単に治る類のものじゃない」

小声で話しながら、本館の二階へあがる。

一際大きな客室の前で、フォルカーは深呼吸をした。

アドリアは、フォルカーが予想した通り、一貫して穏やかな態度を崩さなかった。

イズディハールを紹介した時も「初めまして。ようやくお会いできましたね」と上品に微笑み、礼儀正しく膝を折る。

アドリアに勧められ、応接ソファーに腰を下ろしたイズディハールは、にこ、と人懐っこい笑みを浮かべた。

「ルフィナがあなたに心酔する理由が、少し分かりました。年季が違う」

年季とは……？　フォルカーは内心首を捻ったが、深く考える気力は残っておらず、すぐに意識をアドリアに戻す。

彼女はメイドを手招きし、彼女の耳元で何かを囁いた。

それからどれだけも経たないうちに、ガラスの茶器が運ばれている。

「よろしければ、どうぞ」

目の前に置かれたお茶からは、独特の薫りが立ち上ってくる。ハーブティーだ。

フォルカーは、カップを手に取り、ゆっくりと飲み込んだ。

口当たりは爽やかで、後味はすっきりしている。

「何のお茶だろう？　とても美味しい」

隣に座ったイズディハールも早速口にし、感想を述べている。

「ハーブのブレンドティーです。シナモンとほんの少しのサフランが、良いアクセントになっていますでしょう？」

フォルカーは思わず吹き出しそうになり、慌てて口元を押さえた。

けほけほ、と咳き込めば、イズディハールが「大丈夫か？」と顔を覗き込んでくる。

他所で同じお茶を供されても何とも思わないが、相手はアドリアだ。普段は言わないスパイスの名前を挙げたところにも、明確な仄めかしを感じる。

シナモンの意味は、清純。おそらくこれは、ルフィナのこと。

サフランの意味は、過度を慎め。これは、警告。

ということは、ガラスの茶器は『全てを明らかにしろ』という意味か。

明らかにアドリアは、苛立っている。

「それで？　お約束もなしに他国の王子殿下を連れていらしたのですもの。今、お会いしなくてはならない理由があるのでしょう？」

アドリアはおっとり尋ねた。茶に込めた警告だけでは気持ちが収まらないのか、彼女にしては分かりやすい皮肉が籠っている。

「——実は……」

フォルカーは覚悟を決め、イズディハールに関する誤った情報を信じたこと、ルフィナは弄ばれたわけではなく、彼と真剣に交際していたことについて切り出した。

フォルカーが一通り話し終えると、今度はイズディハールが事情を明かす。

タバール側も例の見合いの件でサンティスに良い感情を持っていないこと。タバール国王がシュレンドルフにカミーラを遣わしたのは、ルフィナに対抗してのこと。タバールでの根回しが終わるまで、イズディハールはルフィナを迎えに行けないこと。

簡潔にまとめて語られた経緯に、アドリアは静かに耳を傾けた。

全てを聞き終えたアドリアが、小さな溜息を吐く。

「では、パーティが終わり次第、ルフィナはサンティスへ帰国し、父や私たちに殿下の話をするつもりだったのですね」

「ああ。一方的に攫うつもりは最初からない。彼女にも正式に貰い受けに行くと約束した」

「お話は分かりました」

アドリアはそう言うと、手にしていた扇を広げ、思案げに瞳を伏せる。

「私が悪かったのです。まずはルフィナ様に話を聞いていれば――」

フォルカーが謝罪を述べようとしたところで、聞き捨てならないといわんばかりにイズディハールが口を挟んだ。

「それは違うと言っただろ。俺がまず、卿に理解を求めるべきだったんだ」

「それは結果論でしょう」

「お前のそれも、結果論だ」

二人で言い合っていると、パチリ、と扇を閉じる音がする。

フォルカーは口を噤み、視線を前に戻した。

「今回の騒動について責任の所在を、というお話でしたら、妹にも咎がありますわ」

アドリアは銀灰色の瞳をまっすぐこちらへ向け、涼やかな声で言った。

「父が決めた妹のお相手は、ドミニク殿下です。殿下との縁談期間中に、他国の王子と度を超えて親しくなるなど、考えられない醜態です」

「それは違う。ルフィナは自分の立場を分かっていたし、ドミニクと真面目に向き合おうとしていた。俺が、それを横から邪魔したんだ」

すかさずイズディハールが擁護するが、アドリアはやんわりそれを退ける。

「誰にそう仕向けられたとしても、関係ありません。ドミニク様ではなく、あなたの手を取ると決めたのはルフィナです。一国の成人した王女が、自ら選び取った行動なのです。他の誰も、妹の責任を肩代わりすることはできません」

おっとりした声で紡がれた紛れもない正論に、イズディハールは、ぐ、と言葉を詰まらせた。

フォルカーは、居ても立ってもいられなくなった。

確かにアドリアの言う通りだが、ルフィナが逡巡しなかったはずはない。

一見自由に見えて実は真面目な彼女が、悩みに悩んで出した答えなのだ。ルフィナの選択を支持してやりたいと、そう思ってしまう。

「ではアドリア様は、二人の結婚には反対だということですか？　陛下と同じく、タバールとの縁組はあり得ないとお考えなのですか？」

　言い募るフォルカーに、アドリアは不思議そうに小首を傾げた。

「私は今、そんな話をしていましたか？　今回の騒動においては、ルフィナにも咎があると言っただけです」

　反論の余地がない返答に、フォルカーも押し黙る。

　もどかしげに唇を引き結ぶフォルカーとイズディハールを順に眺め、アドリアは瞳を和らげた。

「突然の帰国に妹が辛い思いをしても、それは自業自得だということ。過度に甘やかす必要はありません。ですが、それと妹の結婚については話が別です。タバールはサンティスにとって、心強い味方となるでしょう」

　フォルカーとイズディハールは、同時に顔を上げた。

「今宵の祝宴のエスコート役は、イズディハール殿下にお願いしてもよろしいですか？」

　アドリアの突然の頼みに、イズディハールは面食らったように瞬きする。

「それは別に構わないが……」

「パーティでは、私に向かって妹を大げさなくらい褒めて下さい。やり過ぎなくらいで構いません。ルフィナの姉だから、私をエスコートしているのだと明確にして頂きたいのです。諸外国の特使が一堂に会する良い機会です。殿下がサンティスのルフィナ王女に一目惚れしたことを、広く周知なさいませ」

アドリアの提案に、フォルカーはなるほど、と得心した。

タバール人の価値観は、独特だ。欲しいものには貪欲に手を伸ばし、強引にでも勝ち取ることを良しとする風潮がある。

イズディハールがルフィナを見初めたと噂になれば、タバール国王は息子の求婚を許さないわけにはいかなくなるだろう。許さなければ、次代の王は惚れた女をものにするどころか、口説くことすらできなかったのか、とタバールの民を失望させるからだ。

イズディハールにも、アドリアの意図は正しく伝わったようだ。

琥珀色の瞳が、生き生きと輝く。

「そういう話なら、喜んで。後ほど、改めて迎えに来ます」

「お待ちしております」

頷いたアドリアは、フォルカーへと視線を移した。

銀灰色の瞳には、強い意志の光が浮かんでいる。

「あなたは今すぐサンティスに戻りなさい。お父様はなりふり構わず、ルフィナの想いを封じようとするでしょう。国王陛下の命に背けとはいいません。イズディハール様がタバールでの地固めを終えて妹を迎えに行くまで、できるだけ時間を稼いで。いいですね？」

（……私はたった今、港から戻ってきたところなんだけどな）

フォルカーは心の中で零したが、いたずらにルフィナを泣かせた罰としては妥当なところだ。不思議と気持ちは上向きになっている。

足の速い商船を探して乗れば、途中の補給港でルフィナと合流できるかもしれない。

「仰せのままに、殿下」

フォルカーは恭しく請け負った後、イズディを見遣る。

「何か伝言はありますか？」

イズディハールは思案する素振りもなく、即答した。

「メモの通りにするから、と」

意味はさっぱり分からないが、きっとルフィナには通じるのだろう。

「承りました。では、一緒に出ましょう。私は荷造りをしなければなりません」

「そうだな。俺もそろそろ戻らないとまずい」

二人は立ち上がり、アドリアに別れの挨拶をしてから、廊下に出る。

部屋の扉が閉まった途端、イズディハールはふは、と噴き出した。

「俺たち、ほんとに叱られたな。怒ったところは、ルフィナにそっくりだ」

彼の意外な感想に、フォルカーは目を丸くする。

「そうですか？　ルフィナは怒っても、あんな感じにはならないでしょう？」

「へえ、フォルカーにも知らないことがあるのか。俺の為に怒ってくれた時は、あんな感じだったぞ。凛としていて、すごく綺麗だった」

イズディハールは楽しげに言うと、どうだ、いいだろう、といわんばかりの視線をこちらに流す。惚気交じりの軽口を叩く余裕ができたのは、ルフィナの不安を早めに取り除く目途が立って安堵したからだろう。わざと煽ってきたのは、彼女を小さな頃から見守ってきたフォルカーを羨む気持ちの裏返し。

分かってはいても、優越感を滲ませた綺麗な顔が、小憎らしい。

フォルカーはにこ、と邪気のない笑みを拵え、反撃に出た。

「イズディハール様は、何でもご存じなのですね。では、こちらも知っていると思いますが、アドリア様には『月の女神の再来』以外にも別名がおありで、『歩く礼儀作法辞典』と呼ばれているのですよ。世界におけるスタンダードなマナーは、サンティスに準じていることも、ご存じですよね？　アドリア様が公の場に出られる際は、同伴者にも完璧なエスコートをお求めになられますので、お気をつけ下さい。それでは、私はこれで」

「……は？　いや、ちょっと待て、聞いてないぞ！」

「今、言いました」

慌てるイズディハールに溜飲を下げたフォルカーは、すっきりした気持ちで踵を返した。

終　章　お姫様は悲恋エンドを回避する

サンティス国王エミリオは、ルフィナの予想以上に激怒していた。

王宮の正門前に仁王立ちする父の姿が、馬車の窓越しに見える。

ルフィナは目を擦ってからもう一度外を覗いてみたが、光景は変わらない。

背後に近衛騎士たちを従えた父は、近づいてくる馬車を今か今かと待ち構えていた。

しくしくと痛み始めた胃を押さえ、ルフィナは隣に座る従兄に視線を移す。

普段は飄々《ひょうひょう》としているフォルカーも、今日は顔色が悪い。

「……私はどうなると思う？　おにい様」

「良くて、自室謹慎。悪くて、陛下が選んだ花婿が待つ教会に連行、かな」

「悪い方が、本当に最悪じゃない！」

「あの見栄っ張りの陛下が、人目のある場所に出てきて、怒りをあらわにしているんだよ？　冷静な思考力が残ってると思うかい？」

「おにい様って、お父様には割と辛辣よね」

一瞬真顔になって突っ込んだルフィナだが、すぐにぶるりと震えて両腕を擦る。

「でも、ないとは言い切れないのが怖いわ。もしそうなったら、全力で逃げないと」

「私も手伝うつもりではいるけど、妻子を人質に取られたら動けないかも。その時はごめんね」

「先に謝っておけばいいと思ってないわよね？」

不安のあまり、二人ともいつもより口数が多くなる。

やがてゆっくり止まった馬車の扉が開く。

ルフィナは、先に降りるフォルカーの背中を、祈るような気持ちで見つめた。


馬車を降りてすぐ、ルフィナは両脇を女性騎士に固められ、一切の発言を禁じられた。

ちなみにフォルカーには何のお咎めもなく、むしろ「よく知らせてくれた」と国王に褒められている。アドリアのエスコート役を放棄し、ルフィナについてきた件に対しても、国王は「まあ、よい。途中で脱走するやもしれぬと思ったのであろう？　ルフィナならやりかねぬからな」などと言っている。

「——それで、アドリアはどうした？」

エミリオの問い掛けに、フォルカーは恭しく答える。

「エスコートして貰える当てはあるから心配はいらないと、そう仰っておられました。妙な噂が立つ可能性は皆無な相手だから、安心して欲しい、と」

いけしゃあしゃあと答えるフォルカーに、ルフィナは笑いそうになった。完全な嘘ではないところが、また小気味よい。慌てて頬の内側を嚙み、神妙な顔を作る。

「そうか。アドリアが言うのなら、大丈夫だろう」

国王は満足そうに言うと、ルフィナに厳しい眼差しを向けた。

「そなたは、しっかり反省することだ。シュレンドルフの王子とうまくいかなかったことには、怒っておらぬ。私が怒っている理由については、分かるな？」

傲岸なその言い方に、ルフィナはふつふつと怒りを煮え立たせた。

父がタバールを嫌う理由が、たとえば過去に起こった戦や、一方的な蹂躙に由来するものならば、まだ我慢ができた。国民が血を流し、国の土台に大きな傷が残ったのなら、その原因となったタバールを憎むのも分かる。

だが、実際は違う。

はっきり言ってどうでもいい理由で、捕縛同然の目に遭わされ、『反省しろ』などと言われるのは納得がいかない。

エミリオは、黙ったまま己を見つめ返してくるルフィナに、二、三度瞬きした。

「なんだ、その目は。言いたいことがあるならば、言ってみるがよい」

言葉こそ尊大だが、彼の顔には戸惑いが浮かんでいる。

発言を許されたルフィナは、ゆっくりと口を開いた。

「私に反省する点があるとするなら、それは、はじめにお父様の命令を拒まなかったことです」

ルフィナが立ち上らせる怒気に、エミリオは大きく目を見開いた。

反抗されるとは思ってもみなかったといわんばかりの表情で、こちらを凝視する。

ルフィナは構わず、発言を続けた。

「ドミニク殿下は素晴らしい方でした。ですが私が心を寄せたのは、イズディハール様なのです。彼も私と同じ気持ちです。私を娶った暁には、全面的にサンティスの力になると、そう約束して下さいました。タバールは豊かで強い国です。かの国に嫁ぐことは、私自身の幸せであることはもちろん、サンティスの利になると考えます」

ルフィナが言い切ると、その場に居合わせた貴族や騎士たちの間に、「確かに」「そういうことなら」と賛同の囁きが広がる。

もともとエミリオ以外は誰も、タバールに対して悪感情を抱いていない。

第二王女の嫁ぎ先がシュレンドルフではないのは残念だが、本人同士が愛し合っているというのなら、タバールでもいいのでは？　という空気が辺りに漂い始めた。

「な……、なにを、言うかと思えば……！」

収まらないのは、エミリオだ。

彼にしてみれば、大切に育ててきた娘が、父親の意向を無視し、出会ったばかりの男の味方をしている状況なのだ。タバールへの恨みが、ますます深まる。

うちの娘をよくも誑《たぶら》かしやがって、という気持ちで、エミリオは拳を握り締めた。

「タバールの王子とやらには、すでに婚約者がいるというではないか！　そなたは騙されているのだぞ？　いいように言い包められよって、悔しいとは思わぬのか！」

国王は声高にルフィナを叱責した。

周囲の人垣にざわめきが広がる。

ルフィナはすかさず、にっこりと笑ってみせた。

「お父様こそ、根拠のない噂に踊らされて、恥ずかしくはありませんの？」

「は？　それはどういう――」

「イズディハール様の婚約者は、この私です。他には誰もいませんわ」

「婚約など、私は認めておらぬ！」

「でしたら、今、認めて下さいませ。私の気持ちも、イズディハール様の気持ちも、決して変わりません。両国の間に結ばれる新たな絆について、お父様個人ではなく、サンティス国王としての判断をお願いします」

場の空気は、完全にルフィナに傾いている。

非難を帯びた沢山の視線が、エミリオに向けられた。

それに気づいた国王は、ぎりぎりと奥歯を噛み締める。

「くう……ええい！　私は、絶対に許さぬからな！　なんと言われようと、タバールの王子だけは絶対に認めぬ！」

とうとうエミリオは癇癪を起こした。地団太を踏みながら、側近に命じる。

「今すぐ、ルフィナを自室へ連れていけ。新たな縁談が決まるまで、外に出すことは許さぬ！」

鼻息荒くそう告げた後で、エミリオは小声で念を押した。

「外に出さないだけでよいのだからな。食事は普段通りにせよ。足りないものはすぐに運ぶように。侍女やメイドはそのままでよい。それから――……」

「それほどルフィナ様が心配ならば、閉じ込めなければ良いのでは？」

フォルカーが呆れた声をあげる。

側近たちも次々に「そうですよ」「陛下、ご無理をなさらず」と声を掛けた。

「うう、うるさい！　とにかく、そのようにせよ！」

エミリオは叫ぶと、足早に立ち去っていく。彼の背中には、哀愁が漂っていた。

ルフィナも含め、その場にいた全員が、深い溜息を吐く。

「普段は思慮深くいらっしゃいますのに……」

「タバールのことになると、一気に子どもになってしまわれる」

「今回は、ルフィナ様を取られるようで余計に嫌なのでしょうね」

口々に零す人々を見渡し、ルフィナは唇を噛んだ。

父は激怒していても、ルフィナを『サンティスの姫らしくない』とは言わなかった。

イズディハール個人を、あしざまに貶さなかった。

ルフィナが言われたら深く傷つくことを、父は昔から避けている。どんなに傲慢に見えても、そういうところだけは繊細なエミリオだからこそ、憎みきれない。

「姫様、そろそろ参りましょう」

隣に立った女性騎士が、遠慮がちに促してくる。

ルフィナは頷き、自室に向かって歩き始めた。

部屋に入ると、早速外から鍵を閉められる。

ルフィナは寝室へ向かい、ベッドに身を投げ出した。

今は、パメラとも話せる気分ではない。

「……私からイズディハール様を奪わないで、お父様」

枕に突っ伏し、ルフィナは呟いた。

「伯母様じゃなく、私の幸せを願ってよ……！」

胸の奥に溜まった靄を言葉にして吐き出せば、そんな形になる。

自分が口にした子どもじみた台詞に、ルフィナはハッとした。

鬱屈の正体が分かったからだ。

ルフィナは父に対し、自分を優先して欲しいと思っている。

エミリオにとって、ベルティーナは特別な存在なのだろう。アドリアに対し、崇拝に似た尊敬を抱いているルフィナには、父の気持ちも分かる。

だが今のエミリオは、ルフィナたちの父ではないか。

ベルティーナの受けた屈辱ではなく、ルフィナの苦悩に目を向けてくれても、いいではないか。

枕がじんわり冷たくなる。

(今更、親の愛を欲して泣くなんて……)

父のことになると、まるで子どものようになってしまうのだから、自分はやはりエミリオ似なのだと、ルフィナはおかしくも悲しくなった。

◇◇◇

それからひと月が経った。

軟禁状態は変わらないが、意外と快適に暮らせているのは、細やかに世話を焼いてくれるパメラや、頻繁に様子を見に来てくれるフォルカーやアドリアのお陰だろう。

特にアドリアから聞いたシュレンドルフでのパーティの話は、楽しかった。パーティではルエスコート役を務めたイズディハールが、凄まじく緊張していたこと。そして、途中からドミニクやカミーラも交え、皆でルフィナの話ばかりしていたこと。アドリアは詳細にわたり話してくれたのだ。

「あなたが向こうでとても楽しい日々を過ごしたのだと、すぐに分かったわ。イズディハール様はもちろん、ドミニク殿下もカミーラ様も、あなたに会いたがっていた」

アドリアの口から語られる彼らの様子に、ルフィナは夢中になって聞き入った。

外遊の旅から戻った兄のベルナルドも、心配そうな顔で様子を見に来る。

「私は反対しないよ。タバールはいい国だ」

ベルナルドは、心の籠った声でそう言った。特使として諸外国を訪問する機会が多い兄の言葉に、ルフィナは強く励まされた。

その日、ルフィナの部屋にやってきたのは、母のマルグリッドだ。

刺繍道具一式を携えてきたマルグリッドは、ルフィナの真向かいに座り、膝の上に布を広げた。

ルフィナも母に倣い、自分の刺繍道具を取ってくる。

軽く近況を話した後は、しばらく黙々と互いの作業に没頭した。

先に手を止め、顔を上げたのはルフィナだ。

「――お父様はどうしてる？」

遠慮がちに尋ねれば、マルグリッドは針を布に刺し、穏やかな瞳をルフィナに向けた。

「随分お疲れのご様子よ。可愛い娘の反抗が、余程こたえたのね。それにくわえて、フォルカーやアドリアにもあれこれ言われるものだから、心休まる暇がないのでしょう」

「そう……」

疲れている、と聞いて胸がズキリと痛む。いい気味だとは思えなかった。

エミリオも週に一度はルフィナの部屋の前まで来るのだが、中には決して入ろうとしない。扉越しに「気持ちは変わったか」と問うだけだ。

ルフィナはその都度「お父様こそ、認めて下さる気になりましたか」と問い返した。

似たもの親子の我慢比べと化した今の状況は、しばらく平行線のままだろう。

「ねえ、ルフィナ。イズディハール様からの連絡はあった？」

母の問いに、ルフィナは唇を引き結び、首を振った。

彼からの連絡は、まだない。

何かあれば、すぐにフォルカーが伝えてくれる算段になっている。

ルフィナは毎晩、くしゃくしゃによれてしまった例のメモを枕の下に敷いて眠った。

朝目覚めると、まっさきに枕の下に手を伸ばし、メモを広げる。

【――またあとで】

懐かしい筆跡で書かれたその走り書きと、フォルカーが預かってきてくれた伝言が、今のルフィナを支えていた。

「恋は熱病のようなもの。周囲に祝福されない結婚は不幸しか生まないわ」

マルグリッドはそう言うと、再び刺繍布に視線を落とす。

黙って針を動かし始めた母を、ルフィナはじっと見つめた。

母の言う通りかもしれない。

イズディハールへの想いは、一時的なもので、いずれは薄れていくのかもしれない。

もしもそうなら、いつになればこの狂おしいまでの恋しさが消えるのか、教えて欲しかった。

「……私は、待っていたいの。イズディ様は必ず迎えに来ると言ったのだもの」

イズディハールが放逐された馬を探すのにかかった時間は、二年弱だと言っていた。

それよりは長くなるだろうか。それとも短いだろうか。

時間は有り余っているので、ルフィナはよくそのことを考える。

マルグリッドは答えない。

ルフィナは立ち上がり、窓辺に近づき外を眺めた。

部屋の大きな窓には全て、格子が嵌められている。ルフィナの脱走を防ぐ為につけられた真鍮の棒のせいで、広い空は窮屈そうに区切られていた。


それからまたひと月が過ぎ去り、二カ月が経った。

さすがに手紙の一通もこないのはおかしい、とルフィナが思い始めたその日。

エミリオが伴も連れずにやって来た。

父は珍しく部屋に入ると、出迎えたルフィナにぐい、と右手を突き出す。

父の手には、封筒の束が握られている。

ルフィナは震える手を伸ばし、それを受け取った。

宛名を綴った見覚えのある文字に、胸がいっぱいになる。

たまらず大粒の涙を零すルフィナを見て、エミリオはきつく眉根を寄せた。

それからおもむろに口を開いた。

「娘には新しい縁談を用意するから、これ以上構ってくれるな、と私は何度も手紙を送らせた。だがタバール人には、サンティスの飾り文字が読めないらしい。お前と私宛ての手紙や献上品は、止まるどころか、数を増すばかりだ」

「……どうしてこれを、私に？」

「お前宛ての手紙だろう」

「そうでは、なくて――」

父は、イズディハールとルフィナの仲を認めていない。

二人を本気で引き離すつもりなら、彼から届いた手紙は全て握り潰せばいい話だ。

「……お前が泣いていると、皆が言う」

エミリオはボソリと言った。

父の頬は、随分こけてしまっている。母の言ったことは本当だったのだ。強い罪悪感と、自分が悪いわけではないと反発する思いが、ルフィナの胸の中でせめぎ合う。

「もう、泣くでない」

エミリオはそれだけ言うと、踵を返して部屋を出て行く。

彼の強張った背中は、手紙など渡したくなかった、と雄弁に告げている。

子どもの頃、誰より大きく見えた父の背中は、すっかり小さくなっていた。

ルフィナは窓辺の椅子に座り、イズディハールからの手紙を一通ずつ改めた。

早く、早く、と気持ちは急くが、指先が震えて上手く動かない。

手紙の封蠟は、一通も剝がされていなかった。どんなことが書かれているか気にならないはずはなかったのに、父は検閲しなかったのだ。

人への手紙を盗み見る卑しい行為に踏み出せなかったエミリオの高潔さに、ますます涙が零れてくる。

ルフィナは泣きじゃくりながら、手紙を開けていった。

そこには、カミーラとサディクのことで、しばらくタバールを離れられないこと。タバール国王の許可がようやく貰えたこと。ルフィナに会いたくてたまらなくて、死にそうなことなど、イズディハールの近況と、率直な心情が細やかに綴られている。

【ルフィナのことを思わない日はない。早く会いたいよ】

【ちゃんと食事は取っている？　よく食べてしっかり眠るんだ。何も心配はいらない。すぐにまた会えるから】

ルフィナを想って書かれた全ての文章を、ルフィナは食い入るように読んだ。

一番新しい日付が入った手紙には、迎えにいく予定が立った、と一際濃い筆跡で書かれている。嬉しくてペンを持つ手に力が籠ったのだろう。

ルフィナは嬉々として机に向かうイズディハールの姿を想像し、泣きながら笑った。

大きく深呼吸を繰り返し、気持ちを落ち着かせてから、隣の部屋に控えるパメラの名を呼ぶ。

彼女はすぐに駆け付けてきた。エミリオが来たことを知っていたパメラは、蒼褪めた顔でルフィナの言葉を待っている。イズディハールがもうじき迎えに来てくれることを伝えると、パメラもぼろぼろと大粒の涙を零した。

「よかった……！　よかったですね、姫様！」

我が事のように喜ぶパメラを抱き締め、ルフィナはその日、久しぶりに心からの笑みを浮かべた。

フォルカーやアドリア、ベルナルドにも、ついにイズディハールからの連絡がきたことを伝える。フォルカーたちも喜びをあらわにして、ルフィナに「よかった」と声を掛けた。

ルフィナはその夜、手紙の束で少し浮いた枕に頭を乗せ、白い天井を見つめた。

イズディハールと再会できるのは、心から嬉しい。

一日も早く、とそう願わずにいられない。

だが同時に、どんな形で彼と再会することになるのか、強い不安を感じる。

――『ルフィナから家族や王女としての誇りを奪えば、きっと後悔する』

以前イズディハールは、薔薇園でそう言ってくれた。

だが、父の意思は依然として変わらず、タバールとの縁組だけはないと明言したままだ。

この状況で彼が迎えに来れば、イズディハールと父との対立は避けられない。

ルフィナはとうに、イズディハールを選ぶと決めている。エミリオがどうしても許さないというのなら、彼の手を取ってサンティスを捨てるしかない。

最悪なのは、タバールとサンティスの関係が悪化し、戦になることだ。

今になって、ルフィナは激しく後悔した。

父に反発し、真っ向から挑むのではなく、跪いて許しを請えばよかった。

自分の主張の方が正しいと、正論を振りかざしたルフィナは、エミリオを頑なにさせただけだ。どうかイズディハールとの結婚を認めて欲しいと、全てをかなぐり捨てて、懇願すればよかった。

そんなことで最悪の事態が避けられるのなら、安いものだったのに――。

「……まだ、間に合うかしら」

ルフィナはきつく目を閉じ、明日は父への面会を願い出ようと決心した。

◇◇◇

翌日、国王付きの侍従がルフィナの部屋を訪れたのは、午前中のことだ。

「――本日の午後、謁見の間へ正装で参上するように、とのことでございます」

エミリオからの言付けを届けに来た侍従は、恭しく一礼してそう告げる。

ルフィナは面会を願い出る前に、国王からの呼び出しを受けることになったのだ。

(しかも正装で……？　一体、どういうこと？)

ルフィナは言い知れない不安を覚え、立ち竦んだ。

緊張のせいで味の分からない昼食を何とか食べた後、パメラを呼んで支度を始める。

襟元の詰まった長袖ドレスに、真珠の三連ネックレスをつけ、髪は一つに結い上げた。

艶消しの銀細工の髪留めを差し、手袋を嵌めれば完成だ。

丁寧に施された化粧といい、露出が少なめの上品な装いといい、まさしく『昼間の正装』をしたルフィナが鏡に映る。

どうみても、国王との私的な面会に赴く時の恰好ではない。

しいて言うなら、他国の賓客を出迎える時のような――……。

「今日は陛下に会いに行くだけ、ですよね？」

不安げな声が背後から掛かる。

鏡の中には、今にも泣きそうな表情で佇むパメラが映っていた。

「大丈夫。ただ話をするだけよ」

ルフィナは自分に言い聞かせるように答えた。

パメラが部屋の扉を開けると、そこには案内役の侍従と、儀礼用の騎士服を纏った近衛兵が待ち構えていた。

物々しい一行に囲まれ、自室を後にする。

久しぶりに歩く王宮は、人払いでもされているのか、やけに静かだった。

「ルフィナ王女殿下が到着致しました」

謁見の間の前につくと、案内役の侍従が大きく声を張る。

彼の声を合図に、両開きの扉が恭しく開かれた。

中央に敷かれた緋色の絨毯の上を、ルフィナは気が遠くなる思いで歩んでいく。

数段高い場所に置かれた王座には、エミリオが腰掛けている。

国王の隣の椅子に座しているのは、母のマルグリッドだ。

緋色の絨毯の脇には、主だった貴族たちがずらりと並んでいた。

ルフィナは、フォルカーの姿が見当たらないことに気づき、眩暈を覚えた。

(どうしておにい様がいないの？　この面子なら、呼ばれていてもおかしくないのに。それに、アドリア姉様とベルナルド兄様もいない。これほど仰々しい場なのに、呼ばれたのは、私だけ？)

頭の中を多くの疑問がぐるぐる回ったが、ここで取り乱すわけにもいかない。

ルフィナは階段の前で足を止め、作法通りに深く膝を折った。

「お呼びと伺い、参上いたしました」

「うむ。よく来た。顔をあげよ」

エミリオの言葉に従い、姿勢を正す。

父はごほん、と一つ咳払いをし、ゆっくりと口を開いた。

「そなたをここへ呼んだのは、結婚相手が決まったことを知らせる為だ」

エミリオの言葉に、ルフィナは息を呑んだ。

脳天を鈍器で殴られたような衝撃を覚え、ふらりとよろめく。

重臣が居並ぶ公式の場で国王直々に申し渡されてしまえば、それはもう勅命だ。逃れることはできない。

真っ青になったルフィナを見て、エミリオは苦しげに唇を歪め、早口で続けた。

「今からその者をここへ呼ぶ。嫁ぎたくないというのなら、自分で断るがいい」

(……え？　……断っても、いいの？)

ルフィナは、ぱちり、と瞬きをした。

喉元までせり上がってきていた熱い塊が、しゅんと溶ける。

国王が軽く右手を上げると、傍に控えた侍従が、再び大きな声を上げた。

「タバール国より、イズディハール・ハーフィズ王太子殿下のおなりです」

ルフィナの両脇に立っている貴族たちが一斉に胸に手を当て、エミリオとマルグリッドは立ち上がる。

ルフィナは信じられない気持ちで、のろのろと背後を振り返った。

一度は閉じられた大きな扉が再びゆっくり開いていく。

扉の中央に立つ青年の凛々しい姿は、あっと言う間にぼやけていった。

彼を案内しているのはフォルカーに似ているが、定かではない。

しとどに溢れる大粒の涙で、視界がはっきりしないのだ。

タバールの正装を纏ったイズディハールが決然とした足取りでこちらに近づいてくる。

彼はルフィナの隣に立つと、愛おしさの籠った眼差しを向けた。

上がりかけた彼の右手が途中で止まり、ぎゅ、と拳の形になる。

イズディハールは激情を抑え込むように一つ息を吐き、エミリオに向き直った。

それから優雅に一礼する。

「お目にかかれて光栄です、陛下。イズディハール・ハーフィズと申します。この度はたっての願いを叶えて下さって、本当にありがとうございます」

「ようこそ、サンティスへ。今回の来訪を嬉しく思う」

父の顔は決してにこやかなものではなかったが、確かにそう言った。

「サンティスには初めて参りましたが、一生に一度は訪れたいと皆が言う理由が分かります。王宮までの道中も、素晴らしい景観に圧倒されっぱなしでした」

「そう言って貰えると嬉しい。行きたい場所があるのなら、我が娘に案内させよう」

目前で交わされる会話に、ルフィナは激しく胸を打たれた。

型破りで、お世辞にも折り目正しい青年とは言えないイズディハールが、最大限の敬意を払っている。

タバールをあれほど嫌っていたエミリオが、丁寧な対応をしている。

ルフィナは懸命に涙を拭い、愛する二人の姿を見つめた。

感極まっているルフィナに、エミリオは静かな視線を向ける。

「その様子では、断るつもりはないのだろう。イズディハール殿下の案内を、頼んでもいいのだな?」

諦めと呆れと、そして強い愛情が滲んだ父の眼差しに、ルフィナはたまらなくなった。父に伝えたい気持ちは幾つもあるのに、胸が詰まって言葉にならない。

「……はい、お父様」

そう言って礼を取るのが精一杯だった。

エミリオは居並ぶ臣下に視線を移し、謁見の終わりを告げる。

「皆も聞いていたな? 私はここに、ルフィナとイズディハール王子の婚姻を認めると宣言する。仔細については、追って発表するとしよう」

「おめでとうございます」

宰相であるオルランディ侯爵の寿ぎを皮切りに、貴族たちが次々に祝いの言葉を口にする。謁見の間に広がっていく拍手の音を、ルフィナは幸福と興奮の入り混じった気持ちで聞いた。

「殿下方は、どうぞこちらへ」

いつの間にか近くに来ていたフォルカーが、小声で話しかけてくる。

「分かった。ルフィナ姫、お手をどうぞ」

イズディハールはそう言って、ルフィナに手を差し出す。

琥珀色の瞳は、きらきらと輝いていた。抑えきれない嬉しさを雄弁に物語る彼の瞳に、ルフィナは微笑みかけ、大きな手をそっと握る。

指先が触れ合った瞬間、イズディハールは堪えきれないようにルフィナの手をぐっと引き寄せた。

指と指をしっかと絡め、二度と離さないといわんばかりの力強さで握りしめられる。

彼は長身を屈め、ルフィナの耳元で囁く。

「『またあとで』と言ったのに、遅くなって悪かった」

悪戯めいた口調に、ルフィナは思わず笑ってしまった。

笑った瞬間、再び涙が零れ落ちる。

「本当よ。すごく寂しかったわ」

イズディハールの瞳をまっすぐ見上げ、ルフィナは本音をぶつける。

会いたかった。恋しくて仕方なかった。本当は少し、不安だった。——離れていた間に降り積もった想いが一つに固まり、ルフィナの唇から零れ落ちる。

「心から愛しているわ、イズディ」

イズディハールは盛大に顔をしかめた。

「先に言うな。あと、ここで言うな。……我慢できなくなる」

繋いだ手に力が籠められる。そのまま引き寄せられそうになったところで、フォルカーが咳払いした。

ルフィナはハッと我に返って周囲を見渡す。

謁見の間には、まだ全員残っている。ルフィナとイズディハールが最初に退出する算段なのだと気づき、恥ずかしくなった。

「では、また後程。失礼致します」

エミリオに向かって丁寧に一礼するイズディハールの隣で、慌ててルフィナも膝を折る。

呆れ顔の父と、くすくす笑っている母に見送られ、緋色の絨毯を歩いていく。

ここへ来た時は一人だった。だが今は、隣に最愛の人がいる。心細さと不安でいっぱいだった心が、温かな幸福感で満たされている。

こんな結末を迎えられるとは思わなかった。

先導するフォルカーの背中を、感慨深い思いで見つめる。

これからどこへ向かうにしても、そこへはパメラを呼んでもらおう。できればアドリアとベルナルドも。ルフィナの辛い時期を支えてくれた皆に、心からの感謝を伝えたい。

ルフィナは晴れやかな笑みを浮かべ、軽い足取りで謁見の間を後にした。


フォルカーが向かったのは離宮だった。

国賓がサンティスに滞在する間に泊まる場所だ。

宮殿には、すでに多くの使用人が手配されていた。メイドや従僕たちが、ルフィナ一行を出迎える為、入り口の前に並んでいる。

「足りないものがあれば遠慮なく使用人に申し付け下さって結構です。行き届いたもてなしをするよう、陛下から仰せつかっていますので」

フォルカーの説明に、イズディハールは頷いた。

「ありがたいな。では、厚意に甘えさせて貰おう。従者たちも、もうここへ?」

「はい。部屋で荷解きを始めている頃かと思います」

「なら、邪魔をするわけにもいかないな。どこで話そうか」

「歓談室でお茶の準備をさせております。そこで、アドリア様もお待ちです。ベルナルド様は公務で出かけておられますが、晩餐の時にはお会いできるかと」

全て用意済みだといわんばかりのフォルカーに、ルフィナは感謝の眼差しを向ける。

「さすがだな。お前も時間はあるんだろ?」

「もちろんです。イズディハール様が嫌がっても、同席させて頂きますので」

「嫌がるわけがない。本当に色々、助かった」

イズディハールが空いた方の手で、フォルカーの背中を親しげに叩く。

アドリアからシュレンドルフでの話を聞いていたルフィナは驚かなかったが、それでも二人が旧友であるかのような気安い雰囲気で話している様子は、まるで夢をみているようだった。嬉しくて、くすぐったくて、胸が熱い。

歓談室へ入り、アドリアが合流すると、ますます賑やかになる。

ルフィナの願いでパメラも呼ばれた。茶会への参加を固辞する彼女を「お願い！」と拝み倒して、同じテーブルについて貰う。

五人で円形のテーブルを囲んで、薫り高い紅茶を味わいながら、近況を報告し合うのは、ルフィナが思った通り、とても楽しい時間になった。

初めは緊張していたパメラも、気さくなイズディハールから離れていた間のルフィナの様子をあれこれ問われているうちに、すっかり打ち解けた態度になっている。

「お父様は、いつ許して下さる気持ちになったのかしら」

ルフィナの疑問に、フォルカーは「勝手な推測だけど」と前置きし、口を開いた。

「イズディハール様の訪問を許可した時点では、結婚を許すつもりはまだなかったと思うな。ぎりぎりまで葛藤されたのだと思うよ。許すと決めたのは、昨日だろう。決めたからこそ、ずっと手元で止めていた手紙をルフィナに渡しに行ったんだろうね」

「……そうかもしれないわね」

アドリアはしみじみと相槌を打ち、イズディハールに視線を向ける。

「お父様宛ての手紙も同じだけ届いていたと聞いたわ。一体、どんなことを書いたの？

こんなこと聞くのは不作法だけど、あの頑固なお父様の心を動かしたのですもの、気になってしまって」

「私も知りたいわ」

すかさずルフィナも便乗する。

イズディハールは「たいした内容じゃないよ」と微笑んだ。

「ルフィナの好きなところを、沢山書いた。どれだけルフィナがサンティスを愛していて、サンティスの王女であることを誇りに思っているかについても。あとは、彼女がそんな風に育ったのは、あなたや王妃が素晴らしい人間だからだとも書いたかな」

「お父様は、ああ見えてお世辞に弱いのよね」

アドリアの感想に、フォルカーも「そうそう。褒められるの大好きだよね」と同調する。

「お世辞じゃないよ。ほんとにそう思ったから、書いたんだ。ルフィナを無理やり攫うこともできなくはないけど、そうしないのは、あなたにどうしても認めて欲しいからだ、と訴えた。今読んだら、恥ずかしくて燃やしたくなると思う。その時は、どうにか結婚を許して欲しくて必死だった」

イズディハールの言葉に、ルフィナの胸はいっぱいになった。

昨日ルフィナが決意したことに、イズディハールはもっと早くに気づき、実行していたのだ。またもや鼻がツンとしてくる。

パメラがそっとハンカチを握らせてくれる。ルフィナは「ありがとう」と囁き、ハンカチを目頭に押し当てた。

「終わりよければ、だね。ルフィナが軟禁された時は、どうなることかと思ったけど、丸く収まってよかった。結婚式は、いつ挙げることになったの？」

今度はフォルカーがイズディハールに尋ねる。

「アドリア姫の結婚式が終わったら、かな。でもできれば俺が戻る時に、ルフィナは一緒に連れていきたい」

彼の返答に、アドリアは小首を傾げた。

「離れたくない気持ちは分かるけれど、結婚式の準備はどうするつもり？　式自体はタバールで挙げるとしても、ウェディングドレスを仕立てたり、嫁入り道具を揃えたりするのには時間がかかるわ」

アドリアの声には実感がこもっている。彼女はその準備に追われているところなのだ。

「花嫁衣裳を含め、式の支度は全てうちですること。それが俺とルフィナの結婚を認めるにあたって父の出した条件なんだ。嫁入り道具も特にいらない。エミリオ陛下はそれでいいと言ってくれた」

イズディハールはそう言うと、微かな不安が滲む眼差しでルフィナを見つめる。

「ルフィナは、どう思う？　君の花嫁衣裳は、タバールのしきたりに則ったものになる。

ショールはカザーフ家が、ドレスはナイザル家が、ドレスの刺繍はサイード家が、髪飾りはハキム家が、その他の装飾品はイルハーム家が準備する。ルフィナが式で身に着けるのは、王家の妃にしか許されない伝統的な花嫁衣裳だ。今時の流行りじゃないけど、すごく綺麗だよ。もちろんルフィナが嫌なら変更して貰えるよう動くけど、俺は見てみたい。ルフィナの髪と目によく似合うと思うんだ」

いつになく必死なイズディハールに、ルフィナは微笑んだ。

「嫌がるはずないわ。私が誰だか忘れたの？　伝統を重んじることにかけては、どの国にも負けないサンティスの王女なのよ？」

ルフィナの返事に、彼は大きく目を見開いた。それから、くしゃりと破顔する。

「そうだった。じゃあ、きっと気に入る」

「ええ。タバールの織物や刺繍の素晴らしさは有名だもの。すごく楽しみだわ」

ルフィナが弾む声で言うと、アドリアは残念そうに嘆息した。

「私も見たかったわ。その時期にタバールへ行くのは無理でしょうけど……」

「いくら身内の結婚式に出る為とはいえ、結婚したばかりの妻を他国へ送り出す夫はいないだろうね。どんな風だったか、私が話すよ。陛下に頼めば、ベルナルドの供をさせてもらえるだろう」

フォルカーが言えば、パメラも「私は姫様と一緒にタバールへ行くと約束しています」

と慌てて主張する。

「姫様が行かれる時に、連れていって下さいますよね？」

これだけは譲れないとばかりの真剣さで確認するパメラに、ルフィナは力強く頷いた。

◇◇◇

サンティスからタバールまでは、シュレンドルフへ向かう時とほぼ同じ日数がかかった。

違うのは陸路を使う時間が長かったこと。

ルフィナは生まれて初めて、街の旅宿に泊まった。

「一緒の部屋に泊まりたいのは山々だけど、エミリオ陛下に『式が終わるまで指一本触れることは許さない』と言われてしまってるんだよね」

イズディハールはそう言って「隣の部屋にはいるから、安心して」と続ける。

「お父様とそんな話を？」

真っ赤になったルフィナを見て、彼は、はは、と笑った。

「男親なら誰でも釘をさす。兄弟でもかな？　俺もサディクに言ったよ。『帰りは別行動になるけど、式の前に妹を孕ませたら殺す』って」

「まあ……」

それしか言葉が出てこない。刺激が強すぎる話に固まったルフィナの頭を、イズディハールは優しく撫でた。

ルフィナはパメラと同じ部屋に泊まり、眠る寸前まで色んな話をした。

骨を埋める覚悟でついてきてくれるのだ、パメラにも向こうで良い人を見つけてあげる、とルフィナが言えば、パメラは「是非お願いします」と答えた。

「ふふ、パメラも乗り気で嬉しいわ。どんな人がいいかしら。見た目の好みはある？　性格はどんな方が好き？」

弾む声で話すルフィナに、パメラはにこ、と笑う。

「好みは特にありませんし、容姿や年齢も問いません。ただ、姫様と同じ時期に子を授けて下さる方がいいです。お子様の乳母になれますから」

ルフィナは唖然とした後、枕に突っ伏した。


タバールの国境には、馬に乗った黒ずくめの男たちがひしめいていた。

数百を軽く超える数に、ルフィナは息を呑む。

頭に巻いたスカーフに、口元を覆う布。長い上着にゆったりしたズボン。

一目でタバールの民だと分かる彼らは、馬車から降りたルフィナを見ると、一斉に馬を折り、その場で片膝をついた。

圧巻なその光景の中を、イズディハールに手を引かれて進んでいく。

男たちの群れの先頭にいたのは、サディクだ。

「この日をお待ちしておりました、ルフィナ殿下」

サディクはその場で胸に拳を当て、深く頭を下げる。

心の籠った挨拶に、ルフィナは「ありがとう。また会えて嬉しいわ」と答えた。

サディクの近くに立った四人の青年は、羨ましげな視線をサディクに向ける。

イズディハールの紹介で、彼らが五家の跡取りだということが分かった。

彼らはそれぞれの家の男衆を連れ、王太子妃になるルフィナの出迎えに来たという。

ひとしきり挨拶が終わると、イズディハールとルフィナの前に二頭の馬が引き出されてくる。

「こっちがルフィナの馬だよ。気性が穏やかで人懐っこいから、乗りやすいと思う」

優しい目をした白い馬は、じっとルフィナを見つめている。

「ここからは、馬で行くの？」

それなら乗馬服に着替えておくのだった、と後悔したルフィナに、イズディハールは首を振る。

「今日はこの子の紹介だけ。父のところへは、俺の馬に乗せていきたい。いい？」

ルフィナは「もちろん」と頷いた。

「姫様は乗馬ができるのですか？」

イルハーム家の長男が、驚いた顔で尋ねてくる。

「軽く走らせる程度なら。ですがこうしてタバールへ来たのですもの、もっと上手くなりたいと思っています」

ルフィナが答えると、サディクを除く五家の青年たちが口々に「私が教えられます！」「いや、お前より俺の方が上手い」「は？　あれで？　姫の前で恥をかきたくなければ、私に任せた方がいい」などと言い争い始める。

イズディハールは聞こえよがしな溜息を吐いて、彼らを黙らせた。

それからきっぱり言い放つ。

「ルフィナに必要以上に構うな。彼女の世話は全部俺がする」

主の宣言に、青年たちは残念そうな表情を浮かべて引き下がった。

どうやら彼らにも好意的に迎えられたらしいと分かり、ホッとする。

ふわりと笑うルフィナを、イズディハールはぐい、と抱き寄せ、腕の中に囲ってしまう。

悋気を起こした王太子を見て、出迎えにきた一行はドッと笑った。

王都についたその日、ルフィナはタバール国王と五家の当主が集まる会合に呼び出された。王城の一室に案内され、長椅子に腰を下ろしたばかりだったルフィナは、思わず「今から?」と尋ねてしまう。

隣にいたイズディハールは「ルフィナは長旅で疲れている。明日にしろ」と一旦使いを追い返したのだが、またすぐに別の者が来て「どうしても、との仰せです」と伝える。

「大丈夫よ。私も早くお目にかかりたいわ」

ルフィナは本心からそう言った。その方が、心置きなくゆっくり休めると思ったのだ。

パメラが素早くルフィナの後ろに回り、ほつれた髪を丁寧に梳きなおす。

ついでに軽く化粧を直してもらってから、ルフィナはイズディハールと共に部屋を出た。

「――何があっても俺が守るから」

『浅緑の間』という名の会議場の前で足を止め、イズディハールはそう言った。

いつになく真剣な面持ちに、ルフィナの緊張も高まる。

ルフィナは一つ深呼吸をして、頷いた。

イズディハールが片手を伸ばし、扉を押し開く。

広い部屋の中央に、大きな長方形のテーブルが見えた。

一番奥に座っているのが、タバール国王だろう。

両脇に分かれて座っているのが、五家の当主たちだ。

彼らはルフィナを見ると、ゆったり席を立った。

「父上、こちらがサンティスのルフィナ姫。俺の最愛の人だ」

イズディハールの紹介に、奥に立った壮年の男性が小さく頷く。

「ようこそ、ルフィナ姫。このような辺境の国に、よく足を運んでくれた。さぞ気が進まなかったことだろう」

彼の声に滲むよそよそしさに、ルフィナはやっぱり、と心の中で呟いた。

アドリアとの縁談で味わわされた屈辱を、彼らは忘れたわけではないのだ。

五家の青年たちは、責任を負わない身もあって柔軟に気持ちを切り替えたのだろうが、国の重鎮たちはそうはいかない。潰されたと感じる体面が、立場の分だけ大きいのだ。

イズディハールが外堀を埋めたせいで、ルフィナとの婚姻を認めざるを得なくなっただけで、心情的にはまだ納得しきれていないのだろう。

隣に立つイズディハールを取り巻く空気があっと言う間に険悪なものになる。

親子喧嘩が勃発する前に、とルフィナは前に進み出た。

国王と五家当主の視線がルフィナに集まる。

ルフィナはその場で深く膝を折り、そのまま片膝をついた。

「ルフィナ!?」

イズディハールが駆け寄ろうとするより先に、国王が声を上げる。

「お前はそこを動くな。――姫の話を聞こう」

そう言ってまっすぐにこちらを見つめる国王に、ルフィナは切り出した。

「我が姉アドリアとイズディハール様のお話について、まずは深くお詫びいたします」

ルフィナは頭を下げ、隣国との話が先にあったこと、顔合わせのあとに断っては失礼にあたると判断したことなどを説明する。

「タバールの考え方に思いが及ばず、結果として大変失礼な真似をしてしまったこと、申し訳ありませんでした」

そこまで話したところで、国王が口を挟む。

「その話は息子たちから聞いている。だが、改めて詫びてくれたこと、嬉しく思う」

彼はそう言うと、「どうか、立ってくれ。このまま跪かせておいたら、息子に謀反を起こされてしまいそうだ」と続けた。

その困り切った声に、顔を上げる。

国王と五家当主たちの視線は、先ほどに比べて随分柔らかくなっている。

もう一押しだ、とルフィナは察した。

ゆっくりと立ち上がり、胸の前で両手を組む。

それからとっておきの儚げな表情を拵え、訴えるように彼らを見つめた。

「実は私は、姉とイズディハール様との婚約が成らなかったことに、安堵しているのです。心から彼を愛しています。イズディハール様のように立派な方を私は、他に知らない。彼のいない人生を、もう想像することができないのです。これからも彼の傍にいることを、どうかお許し下さい」

へりくだった態度で、イズディハールへの想いを切々と口にしたルフィナに、その場に居た全員が息を呑む。

貴重な血筋を引くが故に、気高くあることを許された王女が、一人の女として恋しい男の傍にいたいと請うている。

『サンティス神聖国の王女』という面目を自ら捨ててみせたルフィナに、国王はまいった、といわんばかりに両手をあげた。

「あなたにそこまで言わせておいて、態度を改めないのなら、私に王である資格はないな」

国王はテーブルを回り込み、ルフィナに近づくと、両手を取ってきゅ、と握る。

「ようこそ、ルフィナ殿下。私の新たな娘として、あなたを心から歓迎する」

国王の宣言に、五家の当主たちも頬を緩めて近づいてくる。

彼らが我先に自己紹介しようとするのを、ルフィナは驚きと喜びをもって受け入れた。

気づけばイズディハールがすぐ隣に立っている。

顔を見上げれば、わずかに潤んだ琥珀色の瞳と視線が合う。

彼の眼差しは、狂おしいまでの渇望と、深い愛おしさに満ちていた。

ルフィナは衝動的に背伸びをし、彼の凛々しい頬に口づける。

イズディハールは片手で顔を覆い、低く呻いた。

「勘弁しろ……どれだけ俺を試せば気がすむんだ」
小さく零すと、もう我慢できないといわんばかりに、ルフィナを思い切り抱き締める。
まさか人前でそこまでされると思っていなかったルフィナは、自分の所業を棚にあげ、
「だめ、待って、今は離して！」と悲鳴を上げた。
「無理。このまま部屋まで運んでく」
イズディハールはルフィナを軽々と抱き上げ、踵を返す。
一部始終を見守っていた国王と五家当主の楽しげな笑い声が、次第に遠のいていく。
彼の腕が緩まる気配はまるでない。
こうなったら、とルフィナは羞恥を振り切り、イズディハールの首に手を回した。
広くて硬い胸に頬を寄せ、ぎゅと抱き着く。
温かく確かな感触に、ルフィナはたとえようがないほどの多幸感を覚えた。

後日談　これで終われるわけがない

ベルナルドに手を引かれ、ゆっくりと姿を現したルフィナに、その場にいた全員が言葉を失くした。

花婿として誓いの場に立ったイズディハールも、もちろん例外ではない。

黒を基調とした民族ドレスに零れる淡い金の髪は、月光そのもの。

こんな色の髪がこの世に存在するなんて、何度見ても信じられない。

けぶるような長い睫毛の色素も薄く、銀灰色をしたアーモンド形の瞳を神秘的に彩っている。銀灰色の瞳を見たことがない者に、その美しさを伝えるのは難しい。命を持った宝石とでも言えばいいのだろうか。

優美な眉、すっきりと通った鼻梁は完璧に整っているが、小さな唇が愛らしさを添えている。指先まで隠れた広い袖に、爪先がかろうじて覗く長い裾。隠れている部分は多いのに、首から鎖骨にかけて露わになっているせいで、息を呑むほど扇情的に見える。

ルフィナが身に着けている装飾具はどれも素晴らしい細工が施されているが、一際目を惹くのはほっそりとした白い首を飾る純金のネックレスだ。露出されている肌を隠すように幾重にも織り込まれた金の鎖に、小さなダイヤの粒が星屑のように散りばめられている。

装飾具を担当したイルハーム家の力の入れ具合がよく分かる逸品だ。

背中から腕を覆って下に長く垂らされたショールは、鮮やかな発色といい複雑な織り模様といい、こんな機会でもなければ目にすることはできない最上級品で、黒を基調とした美しいシルエットのドレスを、見事に引き立てている。淡い金の髪を彩るヘッドドレスの繊細さ、ドレスに施された刺繍の緻密さ。それら全ての素晴らしく手の込んだ華やかな花嫁衣裳を、ルフィナは完璧に着こなしていた。

実際は無音なのに、ルフィナが歩く度、清浄な鈴の音が聞こえる気がする。

ルフィナはイズディハールの前までくると、ベルナルドの手を離し、彼に向かって桜色に塗られた指先を差し出した。

イズディハールは、世界が自分のものになったような錯覚に襲われる。

実際は、花嫁を娶るだけだ。

だがイズディハールにとって、ルフィナはこの世界にある全ての国とだって交換することができない唯一無二の存在なのだ。幸せで目が眩みそうになる。

タバールは多神教の国だ。

よって、サンティスのように教会で式を挙げたりはしない。

ルフィナが望むなら、よそから祭司を連れてこようと思っていたが、彼女は首を振った。

『私はタバールの妃になるのだから、こちらの流儀で式を挙げたい』と言ってくれたのだ。

今、二人の前にあるのは豊穣と繁栄を司る炎。

眩く辺りを照らすそれは、新たに結ばれる夫婦の前途を祝してくれる。

大きな盃の中で燃えるその炎の中に、二人の名前を綴った羊皮紙をくべて、互いに誓いの言葉を述べれば、式は終わる。あらかじめ覚えてきた古代タバール語で愛を誓い合い、その後は五家の当主からの寿ぎを受ける。

誓いの炎が下げられれば、そのままそこで宴が始まった。

サンティスと違うのは、花婿と花嫁がその場にいなくていいこと。

披露宴の上座には、花嫁と花婿の血族が座り、豪勢な食事を供される。

父王とベルナルドが並んで座り、和やかな雰囲気で祝杯をあげる様子を見届け、イズディハールはルフィナの手を引いた。

「抜けよう。もうここにはいなくていい」

「そうなの？」

ルフィナが目を丸くする。

無邪気なその顔に、イズディハールはうっとりと魅入った。

手の届かない場所に気高く佇む女神のような気配は消え、いつもの、イズディハールが大好きな彼女が戻ってきた。

「ああ。いつまでも宴にいれば、花婿は望まぬ花嫁を娶ったのだとみなされる。夫婦の新床に連れていきたくないから、皆のところにいるのだろう、と」

イズディハールの説明に、ルフィナはサッと頬を染める。

これから二人の間で交わされる行為を想像し、恥ずかしくなったのだろう。

「……俺はルフィナを抱きたくてたまらない。だから、もう抜けよう」

ルフィナの耳朶で揺れる耳飾りに、ふ、と息を吹き掛けて揺らせば、彼女はびくりと身体を震わせ、それでもこくりと頷いた。

寝台の上に撒かれたゼラニウムを軽く払い、ルフィナを横たえる。

激しく動けば髪や肌を傷つけそうなヘッドドレスは先に外し、ナイトテーブルの上に置いた。その後は、先に自分の服を脱いでいく。装飾品が多い為、下衣一枚になるのに時間がかかった。丁寧に梳かしつけられた髪をくしゃりと崩し、こちらをじっと見ているルフィナのもとへ向かう。

初めて肌を重ねた日も、彼女は今みたいにまじまじとこちらを見ていた。

「また、見てた」

にやりと笑って指摘すれば、「だって、本当に綺麗なんだもの」と消え入るような声が返ってくる。ふい、と逸らされた目元は赤く色づいていた。

「綺麗なのは、ルフィナだろ？　花嫁衣裳も、思った通りすごく似合ってる」

彼女の隣に座り、細い首にぴったりと嵌まったネックレスを指でなぞる。

これだけは最後までつけておこう。そう心に決め、名残惜しい気持ちでまずはショールから取り去っていく。

「この衣装、着るのすごく大変だったの。私も手伝うわ」

ルフィナがそう言って身体を起こそうとしたので、イズディハールは慌てて止めた。

「駄目だよ、ルフィナ。花嫁衣裳を脱がすことができるのは俺の特権だし、一生に一度しかできない。楽しみを奪わないで」

「そういうもの？　でも背中にも沢山ボタンが――」

「いいね。まずは着たまま一回して、その次、後ろから挿《い》れる時に外そうかな」

舌なめずりをして言うと、ルフィナは絶句した。

それから「……ドレスが汚れてもいいの？」と恐る恐る尋ねてくる。

いつかの夜の交わりがありありと蘇ってくる。

二人してシーツを汚すまいと頑張った時のことだ。

ルフィナに、いきり立った怒張を両手で握られた時の感触まで蘇り、腰が熱く疼く。

「いいよ。いっぱい汚して。綺麗なままの方が、みんながっかりする」

「みんな？　……そう、全部知られてしまうのね」

ルフィナはとうとう両手を顔で覆ってしまった。耳まで真っ赤だ。

シュレンドルフでは、目元を隠して喘ぐ彼女の姿に酷く興奮したが、今はそれでは物足りない。灰銀色の瞳が甘く蕩けていくのをこの目で見たい。

ドレスの裾を手繰り上げ、薄い靴下と下着を取り去る。それから再びドレスの裾を下ろし、唇を重ねた。

隙間なくくっつけた唇を、軽く離し、少し角度を変えてまた重ねる。

子どもの悪戯のようなキスに、ルフィナは小さく笑った。

彼女は顔から手を下ろし、イズディハールの首に回した。

それからくい、と引き寄せ、唇が離れないようにしてしまう。

何とも可愛いおねだりに、イズディハールも微笑まずにはいられなかった。

下唇をはむ、と挟んで、舌先でくすぐればすぐに唇が薄く開く。

すかさず舌を差し入れ、口づけを深めた。

初めて触れた時は緊張で強張っていた舌も、今ではすっかり柔くなっている。

再会してから今夜まで、イズディハールは彼女の父との約束を守ってきた。

指一本、と言われたが、キスは唇だからいいだろうと、隙を狙っては口づけていたことを思い出す。ルフィナの身体に触れないよう両手を下ろし、唇だけで愛撫すると、彼女は決まってむずかるような声を漏らし、イズディハールにしがみついてきた。

今はイズディハールの腕の中で、ん、ん、と甘い声を零している。

舌と舌を合わせ、表面を擦り合わせたり、舌を根本近くまで口に含んで、じゅ、じゅ、と吸い上げたり。

反応を確かめる余裕があったのは最初だけで、生々しい触れ合いにすぐに夢中になる。

「はぁ、っ、あ…はぁ」

ルフィナの息が上がってきた。

太腿に手を置くと、もじもじと動いているのが分かる。

イズディハールはドレスの裾から手を差し入れ、両腿の間に進ませた。

抵抗らしい抵抗もなく、柔らかい秘裂が指に触れる。

そっと押せば、くちり、と割れる。指先を包むぬるついた蜜に、たまらなくなった。

もう片方の手の平で、胸をやんわり撫でる。

何度も撫でているうちに、ぷくり、とドレスの生地越しに乳首が勃ち、指に引っかかるようになる。イズディハールは人差し指で、すっかり硬くなった先端をかりかり、と擦った。ひぅ、とくぐもった声をあげ、ルフィナが腰を跳ねさせる。

蜜口の周りをくるくるとなぞっていた指が、その拍子にぷつりと中に入った。

「っ、んんっ、」

ルフィナが慌てて両腿を閉じたせいで、指は更に奥に飲み込まれる。

イズディハールは口づけを止め、身体をずらして、触れてない方の乳房にむしゃぶりついた。ドレスの生地ごと口に含み、じゅう、と吸い上げる。

「ひぁ、っ、ああっ、んっ」

ルフィナは快感を逃そうと身を捩るが、イズディハールはそうはさせまいと彼女を抱き締め、口を大きく開けて乳房にやわく歯を立てる。硬くしこった乳首は、舌先で何度もはじいた。膣内にいれた指をゆるく抜き差しするのも止めない。

一本では足りないというように、膣肉が艶めかしく指を締めつける。

イズディハールは指を二本に増やし、ぴたりと揃えて、ルフィナが特に反応を示す部分を探った。

ルフィナは腕を上げて枕を掴み、強い快楽の波に耐えている。

秘所からしとどにあふれてくる愛蜜を、掬っては中に押し込み、少しずつ触る位置をかえる。お腹側の方にそれはあった。

ひゃぁんっ、と一際高く上がった嬌声に、イズディハールは軽く指を曲げる。

そして見つけたそこを、トントンと小刻みに刺激した。

「っは、っ、やぁ、っ、ああっ」

枕を摑んでいたルフィナの手が、イズディハールの肩に回される。

強く立てられる爪の鈍い痛みさえ、腰に重たく溜まる熱を加速させた。

「ん、やぁ、これ、や、っ、だめぇ、っ」

ルフィナは、強烈な悦楽に慄いている。

イズディハールはぐっしょりと濡れたドレスの胸部から口を離し、「ルフィナ」と甘く名前を呼んだ。彼女は縋るようにこちらを見る。

蕩けきった銀灰色の瞳には、生理的な涙が浮かんでいる。

しっかり視線が絡んだことを確認して、イズディハールは囁いた。

「気持ちいいね。ここ、すごくザラザラしてる。俺の指、食い締めて離さないんだけど」

低い声でわざといやらしい言葉を使って煽る。視線は離さない。

ルフィナは泣きそうに瞳を歪め、小刻みに腰を震わせた。

「イきたい、って言ってるよ、ルフィナのここ。いいよ、イって。ね？」

指の力を少しだけ強め、トントンと叩く速度を上げる。

次の瞬間、ルフィナの身体が大きくしなった。

膣内のうねるような動きに、頭の芯が焼ききれそうだ。

悲鳴に似た嬌声をあげ、びくん、びくん、と跳ねるルフィナを抱き締め、イズディハールは荒々しい手つきでドレスの裾をたくしあげた。

両膝を大きく割って、腹まで反った猛りを濡れそぼった蜜口に押し当てる。

「俺も、限界。ルフィナが欲しい」

熱に浮かされたように囁き、散々舐めしゃぶった乳房をドレスの上から柔く包む。

「ルフィナも欲しいって言って。俺が欲しい、って」

膨れた先端を蜜口に沈め、浅く揺らすと、ルフィナはこくこくと頷いた。

「欲しいわ、わたしも、イズディが、ほし——……っんぁ、ああっ」

空いた手でルフィナの太腿の裏を摑み、ぐちゅん、と腰を押し進める。

脳天を突き上げる快感に、イズディハールは息を止めた。

息を吐いた瞬間、精も吐き出してしまいそうで、ぎり、と奥歯を嚙み締める。

痛いほど締めつけてくる隘路を、ぐ、ぐ、と腰を揺すって押し開く。

ルフィナは全身を強張らせ、破瓜の痛みに耐えていた。

きつく寄せられた眉根は、彼女の苦痛を知らせてくるのに、腰の動きは止まらない。

激しく打ちつけたい衝動は何とか堪えられたものの、途中で引けるはずもなく、ついに最後まで彼女の中に埋めてしまう。

深く繫がったまま、ルフィナの身体を抱き締めれば、彼女はふ、と笑みを零した。

驚くイズディハールの顔を、彼女は愛おしげに見つめ、「嬉しい……」と囁く。

ただでさえきつかった膣内が、さらにきつくなった。張り詰めていた欲望が、ますます膨れ上がるのを感じ、顔をしかめる。

「俺も、嬉しいよ。けど、今はまずい」

ゆるゆると腰を動かしただけで、強烈な射精感に襲われる。

ルフィナの中は気持ち良過ぎて、腰が溶けてしまいそうだ。

「イズディも、気持ちいいのね？　苦しいの、我慢しないで、たくさんイって？」

彼女は甘やかな声で囁き、んっ、と艶っぽい声をあげて、膣口を締めた。

イズディハールの理性の糸が切れたのは、言うまでもない。

ルフィナの口を唇で塞ぎ、舌を絡めて、小刻みに最奥を突き上げる。

口づけながら抽挿するのは、たまらなく気持ち良かった。

合間に指を伸ばして敏感な秘豆をくるくるとなぞっては、軽く押しつぶす。

淡い金の髪が寝台の上で生き物のように蠢いた。

すすり泣きに似た喘ぎ声と、低く吐かれる荒い息が、寝室に立ち込める。

艶めかしい膣肉に擦り上げられ、腰に溜まった熱がついに弾ける。

びゅく、びゅく、とルフィナの最奥に吐精する行為は、頭がおかしくなるほどの快感を運んできた。

ぐったりと横たわるルフィナの胸に顔を埋める。

心と身体を深く満たす幸せに、深々と息を吐いた。

——が、ここで終わるわけもなく、イズディハールは宣言通り、ルフィナの花嫁衣裳をそれは楽しく脱がせていった。

背中のボタンは後背位で交わりながら外したし、ドレスを全部脱がせた後は、ネックレスだけを残したルフィナを膝に抱き、対面座位で貫いた。

狂おしいほどの情熱に満ちた交歓は明け方近くまで続き、翌日イズディハールは、喉を枯れさせたルフィナに、正座させられ叱られる羽目になった。

あとがき

この度は拙作をお手に取って下さり、ありがとうございました。

今回のお話は、ロミオとジュリエットのようなお話が読みたい！　という担当様に触発されてプロットを作りました。とはいえ、甘い気持ちに浸りたくて手に取った本でメインキャラ全員死亡エンドは辛すぎる！　というわけで、表題通りのお話になりました。

あまり深刻な設定にすると、終盤、名前付きキャラのうち誰かが死ななくてはいけない気もしたので、あくまで「敵国（?）」風です。

世間知らずでピュアなヒロイン（時々豹変する）と、型破りで自由奔放なヒーローが織りなす恋模様と、その結末を楽しんで頂ければと思います。

表紙と挿絵は、北沢《きたざわ》きょう先生に担当して頂きました。そちらも是非、じっくり堪能して頂ければと……！　美麗で繊細なイラストに溜息の嵐です。

書き上げるまで親身に寄り添って下さった担当様をはじめ、発売にかかわって下さった全ての方に感謝です。

そして何より、ここまで読んで下さった読者の皆様に、深くお礼申し上げます。

またお目にかかれることを祈って。

ナツ

悲《ひ》恋《れん》エンドはお断《ことわ》り！

ティアラ文庫をお買いあげいただき、ありがとうございます。
この作品を読んでのご意見・ご感想をお待ちしております。

✦ ファンレターの宛先 ✦
〒102-0072　東京都千代田区飯田橋3-3-1
プランタン出版　ティアラ文庫編集部気付
ナツ先生係／北沢きょう先生係

ティアラ文庫&オパール文庫Webサイト『L'ecrin《レクラン》』
https://www.l-ecrin.jp/

著者――ナツ
挿絵――北沢きょう（きたざわ きょう）
発行――プランタン出版
発売――フランス書院
〒102-0072　東京都千代田区飯田橋3-3-1
電話（営業）03-5226-5744
（編集）03-5226-5742
印刷――誠宏印刷
製本――若林製本工場

ISBN978-4-8296-6935-8 C0193